Giovanni Verga

Novelle Rusticane

Texte et illustration de couverture : © domaine public
Edition : Culturea (Hérault, 34)
Contact : infos@culturea.fr
Retrouvez notre catalogue sur http://culturea.fr
Imprimé en Allemagne par Books on Demand
Design typographique : Derek Murphy
Layout : Reedsy (https://reedsy.com/)

Dépôt légal : janvier 2023
Tous droits réservés pour tous pays

ISBN : 9791041844432

IL REVERENDO

Di reverendo non aveva più né la barba lunga, né lo scapolare di zoccolante, ora che si faceva radere ogni domenica, e andava a spasso colla sua bella sottana di panno fine, e il tabarro colle rivolte di seta sul braccio. Allorché guardava i suoi campi, e le sue vigne, e i suoi armenti, e i suoi bifolchi, colle mani in tasca e la pipetta in bocca, se si fosse rammentato del tempo in cui lavava le scodelle ai cappuccini, e che gli avevano messo il saio per carità. si sarebbe fatta la croce colla mano sinistra.

Ma se non gli avessero insegnato a dir messa, e a leggere e a scrivere per carità, non sarebbe riescito a ficcarsi nelle primarie casate del paese, né ad inchiodare nei suoi bilanci il nome di tutti quei mezzadri che lavoravano e pregavano Dio e la buon'annata per lui, e bestemmiavano poi come turchi al far dei conti. "Guarda ciò che sono e non da chi son nato" dice il proverbio. Da chi era nato lui, tutti lo sapevano, ché sua madre gli scopava tuttora la casa. Il Reverendo non aveva la boria di famiglia, no; e quando andava a fare il tresette dalla baronessa, si faceva aspettare in anticamera dal fratello, col lanternone in mano.

Nel far del bene cominciava dai suoi, come Dio stesso comanda; e s'era tolta in casa una nipote, belloccia, ma senza camicia, che non avrebbe trovato uno straccio di marito; e la manteneva lui, anzi l'aveva messa nella bella stanza coi vetri alla finestra, e il letto a cortinaggio, e non la teneva per lavorare, o per sciuparsi le mani in alcun ufficio grossolano. Talché parve a tutti un vero castigo di Dio, allorquando la poveraccia fu presa dagli scrupoli, come accade alle donne che non hanno altro da fare, e passano i giorni in chiesa a picchiarsi il petto pel peccato mortale - ma non quando c'era lo zio, ch'ei non era di quei preti i quali amano farsi vedere in pompa magna sull'altare dall'innamorata. Le donne, fuori di casa, gli bastava accarezzarle con due dita sulla guancia, paternamente, o dallo sportellino del confessionario, dopo che s'erano risciacquata la coscienza, e avevano vuotato il sacco dei peccati propri ed altrui, ché qualche cosa di utile ci si apprendeva sempre, per dar la benedizione, uno che speculasse sugli affari di campagna.

Benedetto Dio! egli non pretendeva di essere un sant'uomo, no! I sant'uomini morivano di fame; come il vicario il quale celebrava anche quando non gli pagavano la messa; e andava attorno per le case de' pezzenti con una sottana lacera che era uno scandalo per la Religione.

Il Reverendo voleva *portarsi avanti*; e ci si portava, col vento in poppa; dapprincipio un po' a sghembo per quella benedetta tonaca che gli dava noia, tanto che per buttarla nell'orto del convento aveva fatta causa al Tribunale della Monarchia, e i confratelli l'avevano aiutato a vincerla per levarselo di torno, perché sin quando ci fu lui in convento volavano le panche e le scodelle in refettorio ad ogni elezione di provinciale; il padre Battistino, un servo di Dio robusto come un mulattiere, l'avevano mezzo accoppato, e padre Giammaria, il guardiano, ci aveva rimesso tutta la dentatura. Il Reverendo, lui, stava chiotto in cella, dopo di aver attizzato il fuoco, e in tal modo era arrivato ad esser *reverendo* con tutti i denti, che gli servivano bene; e al padre Giammaria che era stato lui a ficcarsi quello scorpione nella manica, ognuno diceva: - Ben gli sta! -

Ma il padre Giammaria, buon uomo, rispondeva, masticandosi le labbra colle gengive nude:

- Che volete? Costui non era fatto per cappuccino. È come papa Sisto, che da porcaio arrivò ad essere quello che fu. Non avete visto ciò che prometteva da ragazzo? -

Per questo padre Giammaria era rimasto semplice guardiano dei Cappuccini, senza camicia e senza un soldo in tasca, a confessare per l'amor di Dio, e cuocere la minestra per i poveri.

Il Reverendo, da ragazzo, come vedeva suo fratello, quello del lanternone, rompersi la schiena a zappare, e le sorelle che non trovavano marito neanche a regalarle, e la mamma la quale filava al buio per risparmiar l'olio della lucerna, aveva detto: - Io voglio esser prete! - Avevano venduto la mula e il campicello, per mandarlo a scuola, nella speranza che se giungevano ad avere il prete in casa ci avevano meglio della chiusa e della mula. Ma ci voleva altro per mantenerlo al seminario! Allora il ragazzo si mise a ronzare attorno al convento perché lo pigliassero novizio; e un giorno che si aspettava il provinciale, e c'era da fare in cucina, lo accolsero per dare una mano. Padre Giammaria, il quale aveva il cuore buono, gli disse: - Ti piace lo stato? e tu stacci -. E fra Carmelo, il portinaio, nelle lunghe ore d'ozio, che s'annoiava seduto sul muricciuolo del chiostro a sbattere i sandali l'un contro l'altro, gli mise insieme un po' di scapolare coi pezzi di saio buttati sul fico a spauracchio delle passere. La mamma, il fratello e la sorella protestavano che se entrava frate era finita per loro, e ci rimettevano i denari della scuola, perché non gli avrebbero cavato più un baiocco. Ma lui che era frate nel sangue, si stringeva le spalle, e rispondeva: - Sta a vedere che uno non può seguire la vocazione a cui Dio l'ha chiamato! -

Il padre Giammaria l'aveva preso a ben volere perché era lesto come un gatto in cucina, e in tutti gli uffici vili, persino nel servir la messa, quasi non avesse fatto mai altro in vita sua, cogli occhi bassi, e le labbra cucite come un serafino. - Ora che non serviva più la messa aveva sempre quegli occhi bassi e quelle labbra cucite, quando si trattava di un affare scabroso coi signori, che c'era da disputarsi all'asta le terre del comune, o da giurare il vero dinanzi al Pretore.

Di giuramenti, nel 1854, dovette farne uno grosso davvero, sull'altare, davanti alla pisside, mentre diceva la santa messa, ché la gente lo accusava di spargere il colèra, e voleva fargli la festa.

- Per quest'ostia consacrata che ho in mano - disse lui ai fedeli inginocchiati sulle calcagna - sono innocente , figliuoli miei! Del resto vi prometto che il flagello cesserà fra una settimana. Abbiate pazienza! -

Sì, avevano pazienza! per forza dovevano averla! Poiché egli era tutt'uno col giudice e col capitan d'armi, e il re Bomba gli mandava i capponi a Pasqua e a Natale per disobbligarsi, dicevasi; e gli aveva mandato anche il contravveleno, caso mai succedesse una disgrazia.

Una vecchia zia che aveva dovuto tirarsi in casa, per non fare mormorare il prossimo, e non era più buona che a mangiare il pane a tradimento, aveva sturato una bottiglia per un'altra, e acchiappò il colèra bell'e buono; ma il nipote stesso, per non fare insospettir la gente, non aveva potuto amministrarle il contravveleno. - Dammi il contravveleno! dammi il contravveleno! - supplicava la vecchia, già nera come il carbone, senza aver riguardo al medico ed al notaio ch'erano lì presenti, e si guardavano in faccia imbarazzati. Il Reverendo, colla faccia tosta, quasi non fosse fatto suo, borbottava stringendosi nelle spalle: - Non le date retta, che sta delirando -. Il contravveleno, se pur ce l'aveva, il re glielo aveva mandato sotto suggello di confessione, e non poteva darlo a nessuno. Il giudice in persona era andato a chiederglielo ginocchioni per sua moglie che moriva, e s'era sentito rispondere dal Reverendo:

- Comandatemi della vita, amico caro; ma per cotesto negozio, proprio, non posso servirvi -.

Questa era storia che tutti la sapevano, e siccome sapevano che a furia di intrighi e d'abilità era arrivato ad essere l'amico intrinseco del re, del giudice e del capitan d'armi, che aveva la polizia come l'Intendente, e i suoi rapporti arrivavano a Napoli senza passar per le mani del Luogotenente, nessuno osava litigare con lui, e allorché gettava gli occhi su di un podere da vendere, o su di un lotto di terre comunali che si affittavano all'asta, gli stessi pezzi grossi del paese, se s'arrischiavano a disputarglielo, lo facevano coi salamelecchi, e offrendogli una presa di tabacco.

Una volta, col barone istesso, durarono una mezza giornata a tira e molla. Il barone faceva l'amabile, e il Reverendo seduto in faccia a lui, col tabarro raccolto fra le gambe, ad ogni offerta d'aumento gli presentava la tabacchiera d'argento, sospirando: - Che volete farci, signor barone. Qui è caduto l'asino, e tocca a noi tirarlo su -. Finché si pappò l'aggiudicazione, e il barone tirò su la presa, verde dalla bile.

Cotesto l'approvavano i villani, perché i cani grossi si fanno sempre la guerra fra di loro, se capita un osso buono, e ai poveretti non resta mai nulla da rosicare. Ma ciò che li faceva mormorare era che quel servo di Dio li smungesse peggio dell'anticristo, allorché avevano da spartire con lui, e non si faceva scrupolo di chiappare la roba del prossimo, perché gli arnesi della confessione li teneva in mano e se cascava in peccato mortale poteva darsi l'assoluzione da sé. - Tutto sta ad averci il prete in casa! - sospiravano. E i più facoltosi si levavano il pan di bocca per mandare il figliuolo al seminario.

- Quando uno si dà alla campagna, bisogna che ci si dia tutto, - diceva il Reverendo, onde scusarsi se non usava riguardi a nessuno. E la messa stessa lui non la celebrava altro che la domenica, quando non c'era altro da fare, che non era di quei pretucoli che corrono dietro al tre tarì della messa. Lui non ne aveva bisogno. Tanto che Monsignor Vescovo, nella visita pastorale, arrivando a casa sua, e trovandogli il breviario coperto di polvere, vi scrisse su col dito "deo gratias"! Ma il Reverendo aveva altro in testa che perdere il tempo a leggere il breviario, e se ne rideva del rimprovero di Monsignore. Se il breviario era coperto di polvere, i suoi buoi erano lucenti, le pecore lanute, e i seminati alti come un uomo, che i suoi mezzadri almeno se ne godevano la vista, e potevano fabbricarvi su dei bei castelli in aria, prima di fare i conti col padrone. I poveretti slargavano tanto di cuore. - Seminati che sono una magìa! Il Signore ci è passato di notte! Si vede che è roba di un servo di Dio e conviene lavorare per lui che ci ha in mano la messa e la benedizione! - In maggio, all'epoca in cui guardavano in cielo per scongiurare ogni nuvola che passava, sapevano che il padrone diceva la messa pella raccolta, e valeva più delle immagini dei santi, e dei pani benedetti per scacciare il malocchio e la malannata. Anzi il Reverendo non voleva che spargessero i pani benedetti pel seminato, perché non servono che ad attirare i passeri e gli altri uccelli nocivi. Delle immagini sante poi ne aveva le tasche piene, giacché ne pigliava quante ne voleva in sagrestia, di quelle buone, senza spendere un soldo, e le regalava ai suoi contadini.

Ma alla raccolta, giungeva a cavallo, insieme a suo fratello, il quale gli faceva da campiere, collo schioppo ad armacollo, e non si muoveva più, dormiva lì, nella malaria, per guardare ai suoi interessi, senza badare neanche a Cristo. Quei poveri diavoli, che nella bella stagione avevano dimenticato i giorni duri dell'inverno, rimanevano a bocca aperta sentendosi sciorinare la litania dei loro debiti. - Tanti rotoli di fave che tua moglie è venuta a prendere al tempo della neve. - Tanti fasci di sarmenti consegnati al tuo figliuolo. - Tanti tumoli di grano anticipati per le sementi - coi frutti - a tanto il mese. - Fa il conto -. Un conto imbrogliato. Nell'anno della carestia, che lo zio Carmenio ci aveva lasciato il sudore e la salute nelle chiuse del Reverendo, gli toccò di lasciarvi anche l'asino, alla messe, per saldare il debito, e se ne andava a mani vuote, bestemmiando delle parolacce da far tremare cielo e terra. Il Reverendo, che non era lì per confessare, lasciava dire, e si tirava l'asino nella stalla.

Dopo che era divenuto ricco aveva scoperto nella sua famiglia, la quale non aveva mai avuto pane da mangiare, certi diritti ad un beneficio grasso come un canonicato, e all'epoca dell'abolizione delle manimorte aveva chiesto lo svincolo e s'era pappato il podere definitivamente. Solo gli seccava per quei denari che si dovevano pagare per lo svincolo, e dava del ladro di Governo il quale non rilascia *gratis* la roba dei beneficii a chi tocca.

Su questa storia del Governo egli aveva dovuto inghiottir della bile assai, fin dal 1860, quando avevano fatto la rivoluzione, e gli era toccato nascondersi in una grotta come un topo, perché i villani, tutti quelli che avevano avuto delle quistioni con lui, volevano fargli la pelle. In seguito era venuta la litania delle tasse, che non finiva più di pagare, e il solo pensarci gli mutava in tossico il vino a tavola. Ora davano addosso al Santo Padre, e volevano spogliarlo del temporale. Ma quando il Papa mandò la scomunica per tutti coloro che acquistassero beni delle manimorte, il Reverendo sentì montarsi la mosca al naso, e borbottò:

- Che c'entra il Papa nella roba mia? Questo non ci ha a far nulla col temporale. - E seguitò a dir la santa messa meglio di prima.

I villani andavano ad ascoltare la sua messa, ma pensavano senza volere alle ladrerie del celebrante, e avevano delle distrazioni. Le loro donne, mentre gli confessavano i peccati, non potevano fare a meno di spifferargli sul mostaccio:

- Padre, mi accuso di avere sparlato di voi che siete un servo di Dio, perché quest'inverno siamo rimasti senza fave e senza grano a causa vostra. - A causa mia! Che li faccio io il bel tempo o la malannata? Oppure devo possedere le terre perché voialtri ci seminiate e facciate i vostri interessi? Non ne avete coscienza, né timore di Dio? Perché ci venite allora a confessarvi? Questo è il diavolo che vi tenta per farvi perdere il sacramento della penitenza. Quando vi mettete a fare tutti quei figliuoli non ci pensate che son tante bocche che mangiano? Ve li ho fatti far io tutti quei figliuoli? Io mi son fatto prete per non averne -.

Però assolveva, come era obbligo suo; ma nondimeno nella testa di quella gente rozza restava qualche confusione fra il prete che alzava la mano a benedire in nome di Dio, e il padrone che arruffava i conti, e li mandava via dal podere col sacco vuoto e la falce sotto l'ascella.

- Non c'è che fare, non c'è che fare - borbottavano i poveretti rassegnati. - La brocca non ci vince contro il sasso, e col Reverendo non si può litigare, ché lui sa la legge! -

Se la sapeva! Quand'erano davanti al giudice, coll'avvocato, egli chiudeva la bocca a tutti col dire: - La legge è così e così -. Ed era sempre come giovava a lui. Nel buon tempo passato se ne rideva dei nemici, degli invidiosi. Avevano fatto un casa del diavolo, erano andati dal vescovo, gli avevano gettato in faccia la nipote, massaro Carmenio e la roba malacquistata, gli avevano fatto togliere la messa e la confessione. Ebbene? E poi? Egli non aveva bisogno del vescovo né di nessuno. Egli aveva il fatto suo ed era rispettato come quelli che in paese portano la battuta; egli era di casa della baronessa, e più facevano del chiasso intorno a lui, peggio era lo scandalo. I pezzi grossi non vanno toccati, nemmeno dal vescovo, e ci si fà di berretto, per prudenza, e per amor della pace. Ma dopo che era trionfata la eresia, colla rivoluzione, a che gli serviva tutto ciò? I villani che imparavano a leggere e a scrivere, e vi facevano il conto meglio di voi; i partiti che si disputavano il municipio, e si spartivano la cuccagna senza un riguardo al mondo; il primo pezzente che poteva ottenere il gratuito patrocinio, se aveva una quistione con voi, e vi faceva sostener da solo le spese del giudizio! Un sacerdote non contava più né presso il giudice , né presso il capitano d'armi; adesso non poteva nemmeno far imprigionare con una parolina, se gli mancavano di rispetto, e non era più buono che a dir messa, e confessare, come un servitore del pubblico. Il giudice aveva paura dei giornali, dell'opinione pubblica, di quel che avrebbero detto Caio e Sempronio, e trinciava giudizi come Salomone! Perfino la roba che si era acquistata col sudore della fronte gliela invidiavano, gli avevano fatto il malocchio e la iettatura; quel po' di grazia di Dio che mangiava a tavola, gli dava gran travaglio, la notte, mentre suo fratello, il quale faceva una vita dura, e mangiava pane e cipolla, digeriva meglio di uno struzzo, e sapeva che di lì a cent'anni, morto lui, sarebbe stato il suo erede, e si sarebbe trovato ricco senza muovere un dito. La mamma, poveretta, non era più buona a nulla, e campava per penare e far penare gli altri, inchiodata nel letto dalla paralisi, che bisognava servir lei piuttosto; e la nipote istessa, grassa, ben vestita, provvista di tutto, senza altro da fare che andare in chiesa, lo tormentava, quando le saltava in capo di essere in peccato mortale, quasi ei fosse di quegli scomunicati che avevano spodestato il Santo Padre, e gli aveva fatto levar la messa dal vescovo.

- Non c'è più religione, né giustizia, né nulla! - brontolava il Reverendo come diventava vecchio. - Adesso ciascuno vuol dir la sua. Chi non ha nulla vorrebbe chiapparvi il vostro. - Levati di lì, che mi ci metto io! - Chi non ha altro da fare viene a cercarvi le pulci in casa. I preti vorrebbero ridurli a sagrestani, dir messa e scopare la chiesa. La volontà di Dio non vogliono farla più, ecco cos'è! -

Compare Cosimo il lettighiere aveva governato le sue mule, allungate un po' le cavezze per la notte, steso un po' di strame sotto i piedi della baia, la quale era sdrucciolata due volte sui ciottoli umidi delle viottole di Grammichele, dal gran piovere che aveva fatto, e poi era andato a mettersi sulla porta dello stallatico, colle mani in tasca, a sbadigliare in faccia alla gente che era venuta per vedere il Re, e c'era tal via vai quella volta per le strade di Caltagirone che pareva la festa di San Giacomo; però stava coll'orecchio teso, e non perdeva d'occhio le sue bestie, le quali si rosicavano l'orzo adagio adagio, perché non glielo rubassero.

Giusto in quel momento vennero a dirgli che il Re voleva parlargli. Veramente non era il Re che voleva parlargli, perché il Re non parla con nessuno, ma uno di coloro per bocca dei quali parla il Re, quando ha da dire qualche cosa; e gli disse che Sua Maestà desiderava la sua lettiga, l'indomani all'alba, per andare a Catania, e non voleva restare obbligato né al vescovo, né al sottointendente, ma preferiva pagar di sua tasca, come uno qualunque.

Compare Cosimo avrebbe dovuto esserne contento, perché il suo mestiere era di fare il lettighiere, e proprio allora stava aspettando che venisse qualcuno a noleggiare la sua lettiga, e il Re non è di quelli che stanno a lesinare per un tarì dippiù o di meno, come tanti altri. Ma avrebbe preferito tornarsene a Grammichele colla lettiga vuota, tanto gli faceva specie di dovervi portare il Re nella lettiga, che la festa gli si cambiò tutta in veleno soltanto a pensarci, e non si godette più la luminaria, né la banda che suonava in piazza, né il carro trionfale che girava per le vie, col ritratto del Re e della Regina, né la chiesa di San Giacomo tutta illuminata, che sputava fiamme, e ove c'era il Santissimo esposto, e si suonavano le campane pel Re.

Anzi più grande era la festa e più gli cresceva in corpo la paura di doverci avere il Re proprio nella sua lettiga, e tutti quei razzi, quella folla, quella luminaria e quello scampanìo se li sentiva sullo stomaco, e non gli fecero chiudere occhio tutta la notte, che la passò a visitare i ferri della baia, a strigliar le mule e a rimpinzarle d'orzo sino alla gola, per metterle in vigore, come se il Re pesasse il doppio di tutti gli altri. Lo stallatico era pieno di soldati di cavalleria, con tanto di speroni ai piedi, che non se li levavano neppure per buttarsi a dormire sulle panchette, e a tutti i chiodi dei pilastri erano appese sciabole e pistole che il povero zio Cosimo pareva gli dovessero tagliare la testa con quelle, se per disgrazia una mula avesse a scivolare sui ciottoli umidi della viottola mentre portava il Re; e giusto era venuta tanta acqua dal cielo in quei giorni che la gente doveva avere addosso la rabbia di vedere il Re per mettersi in viaggio sino a Caltagirone con quel tempaccio. Per conto suo, com'è vero Dio, in quel momento avrebbe preferito trovarsi nella sua casuccia, dove le mule ci stavano strette nella stalla, ma si sentivano a rosicar l'orzo dal capezzale del letto, e avrebbe pagato quelle due onze che doveva buscarsi dal Re per trovarsi nel suo letto, coll'uscio chiuso, e stare a vedere col naso sotto le coperte, sua moglie affaccendarsi col lume in mano, a rassettare ogni cosa per la notte.

All'alba lo fece saltar su da quel dormiveglia la tromba dei soldati che suonava come un gallo che sappia le ore, e metteva in rivoluzione tutto lo stallatico. I carrettieri rizzavano la testa dal basto messo per guanciale, i cani abbaiavano, e l'ostessa si affacciava dal fienile tutta sonnacchiosa, grattandosi la testa. Ancora era buio come a mezzanotte, ma la gente andava e veniva per le strade quasi fosse la notte di Natale, e i treccconi accanto al fuoco, coi lampioncini di carta dinanzi, battevano coltellacci sulle panchette per vendere il torrone. Ah, come doveva godersi la festa tutta quella gente che comprava il torrone, e si strascinava stanca e sonnacchiosa per le vie ad aspettare il Re, e come vedeva passare la lettiga colle sonagliere e le nappine di lana, spalancava gli occhi, e invidiava compare Cosimo, il quale avrebbe visto il Re sul mostaccio, mentre sino allora nessuno aveva potuto avere quella sorte, da quarantott'ore che la folla stava nelle strade notte e giorno, coll'acqua che veniva giù come Dio la mandava. La chiesa di San Giacomo sputava ancora fuoco e fiamme, in cima alla scalinata che non finiva più, aspettando il Re, per dargli il buon viaggio, e suonava con tutte le sue campane per dirgli che era ora di andarsene. Che non li spegnevano mai quei lumi? e che aveva il braccio di ferro quel sagrestano per suonare a distesa notte e giorno?

Intanto nel piano di San Giacomo spuntava appena l'alba cenerognola, e la valle era tutta un mare di nebbia; eppure la folla era fitta come le mosche, col naso nel cappotto, e appena vide arrivare la lettiga voleva soffocare compare Cosimo e le sue mule, che credeva ci fosse dentro il Re.

Ma il Re si fece aspettare un bel pezzo; a quell'ora forse si infilava i calzoni, o beveva il suo bicchierino d'acquavite, per risciacquarsi la gola, che compare Cosimo non ci aveva pensato nemmeno quella mattina, tanto si sentiva la gola stretta. Un'ora dopo arrivò la cavalleria, colle sciabole sfoderate, e fece far largo. Dietro la cavalleria si rovesciò un'altra ondata di gente, e poi la banda, e poi ancora dei galantuomini, e delle signore col cappellino, e il naso rosso dal freddo; e accorrevano persino i trecconi, colle panchette in testa, a piantar bottega per cercar di vendere un altro po' di torrone; tanto che nella gran piazza non ci sarebbe entrato più uno spillo, e le mule non avrebbero nemmeno potuto scacciarsi le mosche, se non fosse stata la cavalleria a far fare largo, e per giunta la cavalleria portava un nugolo di mosche cavalline, di quelle che fanno imbizzarrire le mule di una lettiga, talché compare Cosimo si raccomandava a Dio e alle anime del Purgatorio ad ognuna che ne acchiappava sotto la pancia delle sue bestie.

Finalmente si udì raddoppiare lo scampanìo, quasi le campane fossero impazzate, e i mortaletti che sparavano al Re, e arrivò correndo un'altra fiumana di gente, e si vide spuntare la carrozza del Re, la quale in mezzo la folla pareva galleggiasse sulle teste. Allora suonarono le trombe e i tamburi, e ricominciarono a sparare i mortaletti, che le mule, Dio liberi, volevano romper i finimenti e ogni cosa sparando calci; i soldati tirarono fuori le sciabole, giacché le avevano messe nel fodero un'altra volta, e la folla gridava: - La regina, la regina! È quella piccolina lì, accanto a suo marito che non par vero! -

Il Re invece era un bel pezzo d'uomo, grande e grosso, coi calzoni rossi e la sciabola appesa alla pancia; e si tirava dietro il vescovo, il sindaco, il sottointendente, e un altro sciame di galantuomini coi guanti e il fazzoletto da collo bianco, e vestiti di nero che dovevano averci la tarantola nelle ossa con quel po' di tramontana che spazzava la nebbia dal piano di San Giacomo. Il Re stavolta, prima di montare a cavallo, mentre sua moglie entrava nella lettiga, parlava con questo e con quello come se non fosse stato fatto suo, e accostandosi a compare Cosimo gli batté anche colla mano sulla spalla, e gli disse tale e quale, col suo parlare napoletano: - Bada che porti la tua regina! - che compare Cosimo si sentì rientrare le gambe nel ventre, tanto più che in quel momento si udì un grido da disperati, la folla ondeggiò come un mare di spighe, e si vide una giovinetta, vestita ancora da monaca, e pallida pallida, buttarsi ai piedi del Re, e gridare: - Grazia! - Chiedeva la grazia per suo padre, il quale si era dato le mani attorno per buttare il Re giù di sella, ed era stato condannato ad aver tagliata la testa. Il Re disse una parola ad uno che gli era vicino, e bastò perché non tagliassero la testa al padre della ragazza. Così ella se ne andò tutta contenta, che dovettero portarla via svenuta dalla consolazione.

Vuol dire che il Re con una sua parola poteva far tagliare la testa a chi gli fosse piaciuto, anche a compare Cosimo se una mula della lettiga metteva un piede in fallo, e gli buttava giù la moglie, così piccina com'era.

Il povero compare Cosimo aveva tutto ciò davanti agli occhi, mentre andava accanto alla baia colla mano sulla stanga, e l'abito della Madonna fra le labbra, che si raccomandava a Dio, come fosse in punto di morte, mentre tutta la carovana, col Re, la Regina e i soldati, si era messa in viaggio in mezzo alle grida e allo scampanìo, e allo sparare dei mortaletti che si udivano ancora dalla pianura; talché quando furono arrivati giù nella valle, in cima al monte si vedeva ancora la folla nera brulicare al sole come se ci fosse stata la fiera del bestiame nel piano di San Giacomo.

A che gli giovava il sole e la bella giornata a compare Cosimo? se ci aveva il cuore più nero del nuvolo, e non si arrischiava di levare gli occhi dai ciottoli su cui le mule posavano le zampe come se camminassero sulle uova; né stava a guardare come venissero i seminati, né a rallegrarsi nel veder pendere i grappoli delle ulive, lungo le siepi, né pensava al gran bene che avea fatto tutta quella pioggia della settimana, ché gli batteva il cuore come un martello soltanto al pensare che il torrente poteva essere ingrossato, e dovevano passarlo a guado! Non si arrischiava a mettersi a cavalcioni sulle stanghe, come soleva fare quando non portava la sua regina, e lasciarsi cadere la testa sul petto a schiacciare un sonnellino, sotto quel bel sole e colla strada piana che le mule l'avrebbero fatta ad occhi chiusi; mentre le mule che non avevano giudizio, e non sapevano quel che portassero, si godevano la strada piana ed asciutta, il sole tiepido e la campagna verde, scondizolavano e scuotevano allegramente le sonagliere, che per poco non si mettevano a trottare, e compare Cosimo si sentiva saltare lo stomaco alla gola dalla paura soltanto al vedere mettere in brio le sue bestie, senza un pensiero al mondo né della Regina, né di nulla.

La Regina, lei, badava a chiacchierare con un'altra signora che le avevano messo in lettiga per ingannare il tempo, in un linguaggio che nessuno ci capiva una maledetta; guardava la campagna cogli occhi azzurri come il fiore del lino e appoggiava allo sportello una mano così piccina che pareva fatta apposta per non aver nulla da fare; che non valeva la pena di riempire d'orzo le mule per portare quella miseria, regina tal quale era! Ma ella poteva far tagliare il collo alla gente con una sola parola, così piccola com'era, e le mule che non avevano giudizio con quel carico leggiero, e tutto quell'orzo che avevano nella pancia, provavano una gran tentazione di mettersi a saltare e ballare per la strada, e di far tagliare la testa a compare Cosimo.

Sicché il poveraccio per tutta la strada non fece che recitare fra i denti paternostri e avemarie, e raccomandarsi ai suoi morti, quelli che conosceva e quelli che non conosceva, fin quando arrivarono alla Zia Lisa, che era accorsa una gran folla a vedere il Re, e davanti ad ogni bettola c'era il suo pezzo di maiale appeso e scuoiato per la festa. Come arrivò a casa sua, dopo aver consegnata la regina sana e salva, non gli pareva vero, e baciò la sponda della mangiatoia legandovi le mule; poi si mise in letto senza mangiare e senza bere, ché non voleva vedere nemmeno i danari della regina, e li avrebbe lasciati nella tasca del giubbone chissà quanto tempo, se non fosse stato per sua moglie che andò a metterli in fondo alla calza sotto il pagliericcio.

Gli amici e i conoscenti, che erano curiosi di sapere come erano fatti il Re e la Regina, venivano a domandargli del viaggio, col pretesto d'informarsi se aveva acchiappato la malaria. Egli non voleva dir nulla, che gli tornava la febbre soltanto a parlarne, e il medico veniva mattina e sera, e si prese circa la metà di quei danari della regina.

Solamente molti anni dopo, quando vennero a pignorargli le mule in nome del Re, perché non aveva potuto pagare il debito, compare Cosimo non si dava pace pensando che pure quelle erano le mule che gli avevano portato la moglie sana e salva, al Re, povere bestie; e allora non c'erano le strade carrozzabili, ché la Regina si sarebbe rotto il collo, se non fosse stato per la sua lettiga, e la gente diceva che il Re e la Regina erano venuti apposta in Sicilia per fare le strade, che non ce n'erano ancora, ed era una porcheria. Ma allora campavano i lettighieri, e compare Cosimo avrebbe potuto pagare il debito, e non gli avrebbero pignorato le mule, se non veniva il Re e la Regina a far le strade carrozzabili.

E più tardi, quando gli presero il suo Orazio, che lo chiamavano Turco, tanto era nero e forte, per farlo artigliere, e quella povera vecchia di sua moglie piangeva come una fontana, gli tornò in mente quella ragazza ch'era venuta a buttarsi a' piedi del Re gridando - grazia! - e il Re con una parola l'aveva mandata via contenta. Né voleva capire che il Re d'adesso era un altro, e quello vecchio l'avevano buttato giù di sella. Diceva che se fosse stato lì il Re, li avrebbe mandati via contenti, lui e sua moglie, proprio sul mostaccio, coi calzoni rossi, e la sciabola appesa alla pancia, e con una parola poteva far tagliare il collo alla gente, e mandare puranco a pignorare le mule, se uno non pagava il debito, e pigliarsi i figliuoli per soldati, come gli piaceva.

DON LICCIU PAPA

Le comari filavano al sole, e le galline razzolavano nel pattume, davanti agli usci, allorché successe un gridìo, un fuggi fuggi per tutta la stradicciuola, che si vide comparire da lontano lo zio Masi, l'acchiappaporci, col laccio in mano; e il pollame scappava schiamazzando, come se lo conoscesse.

Lo zio Masi si buscava dal municipio 50 centesimi per le galline, e 3 lire per ogni maiale che sorprendeva in contravvenzione. Egli preferiva i maiali. E come vide la porcellina di comare Santa, stesa tranquillamente col muso nel brago, di contro all'uscio, gli gittò al collo il nodo scorsoio.

- Ah! Madonna santissima! Cosa fate, zio Masi! - gridava la zia Santa, pallida come una morta. Per carità, zio Masi, non mi acchiappate la multa, che mi rovinate! -

Lo zio Masi, il traditore, per pigliarsi il tempo di caricarsi la maialina sulle spalle, le sballava di belle parole: - Sorella mia, che posso farvi? Questo è l'ordine del sindaco. Maiali per le strade non ne vuole più. Se vi lascio la porcellina perdo il pane -.

La zia Santa gli correva dietro come una pazza, colle mani nei capelli, strillando sempre: - Ah! zio Masi! non lo sapete che mi è costata 14 tarì a San Giovanni, e la tengo come la pupilla degli occhi miei! Lasciatemi la maialina, zio Masi, per l'anima dei vostri morti! Che all'anno nuovo, coll'aiuto di Dio, vale due onze! -

Lo zio Masi, zitto, a capo chino, col cuore più duro di un sasso, badava solo dove metteva i piedi, per non isdrucciolare nella mota, colla maialina di traverso sulle spalle, che grugniva rivolta al cielo. Allora la zia Santa, disperata, per salvare la porcellina, gli assestò un solenne calcio nella schiena, e lo fece andare ruzzoloni.

Le comari, appena videro l'acchiappaporci in mezzo al fango, gli furono addosso colle rocche e colle ciabatte, e volevano fargli la festa per tutti i porci e le galline che aveva sulla coscienza. Ma in questa accorse don Licciu Papa, colla tracolla dello sciabolotto attraverso la pancia, gridando da lontano come un ossesso, fuori tiro delle rocche: - largo alla Giustizia! largo alla Giustizia! -

La Giustizia condannò comare Santa alla multa ed alle spese, e per ischivare la prigione dovettero anche ricorrere alla protezione del barone, il quale aveva la finestra di cucina lì di faccia nella stradicciuola, e la salvò per miracolo, facendo vedere alla Giustizia che non era il caso di ribellione, perché l'acchiappaporci quel giorno non aveva il berretto col gallone del municipio.

Vedete! - esclamarono in coro le donne. - Ci vogliono i santi per entrare in Paradiso! Questa del berretto nessuno la sapeva! -

Però il barone aggiunse il predicozzo: - Quei porci e quelle galline bisognava spazzarli via dal vicinato; il sindaco aveva ragione, ché sembrava un porcile -. D'allora in poi, ogni volta che il servo del barone buttava la spazzatura sul capo alle vicine, nessuna mormorava. Soltanto si dolevano che le galline chiuse in casa, per scansare la multa, non fossero più buone chiocce, e i maiali, legati per un piede accanto al letto, parevano tante anime del purgatorio. - Almeno prima la spazzavano loro la stradicciuola.

- Tutto quel concime sarebbe tant'oro per la chiusa dei Grilli! - sospirava massaro Vito. - Se avessi ancora la mula baia, spazzerei la strada colle mie mani -.

Anche qui c'entrava don Licciu Papa. Egli era venuto a pignorare la mula coll'usciere, che dall'usciere solo massaro Vito non se la sarebbe lasciata portar via dalla stalla, nemmen se l'ammazzavano, e gli avrebbe piuttosto mangiato il naso come il pane. Lì, davanti al giudice, seduto al tavolino, che pareva Ponzio Pilato, quando massaro Venerando l'aveva citato per riscuotere il credito della mezzeria, non seppe che rispondere. La chiusa dei Grilli era buona soltanto per far grilli; il minchione era lui, se era tornato dalla mèsse a mani vuote, e massaro Venerando aveva ragione di voler esser pagato, senza tante chiacchiere e tante dilazioni, perciò aveva portato l'avvocato, che parlava per lui. Ma com'ebbe finito, e massaro Venerando se ne andava lieto, dondolandosi dentro gli stivaloni come un'anitra ingrassata, non poté stare di domandare al cancelliere se era vero che gli vendevano la mula.

- Silenzio! - interruppe il giudice che si soffiava il naso, prima di passare a un altro affare.

Don Licciu Papa si svegliò di soprassalto sulla panchetta, e gridò: - Silenzio!

- Se foste venuto coll'avvocato, vi lasciavano parlare ancora, - gli disse compare Orazio per confortarlo.

Sulla piazza, dinanzi agli scalini del municipio, il banditore gli vendeva la mula. - Quindici onze la mula di compare Vito Gnirri! Quindici onze una bella mula baia! Quindici onze! -

Compare Vito, seduto sugli scalini, col mento fra le mani, non voleva dir nulla che la mula era vecchia, ed era più di 16 anni che gli lavorava. Essa stava lì contenta come una sposa, colla cavezza nuova. Ma appena gliela portaron via davvero, ei perse la testa, pensando che quell'usuraio di massaro Venerando gli acchiappava 15 onze per una sola annata di mezzeria, che tanto non ci valeva la chiusa dei Grilli, e senza la mula ormai non poteva più lavorare la chiusa, e all'anno nuovo si sarebbe trovato di nuovo col debito sulle spalle. Ei si mise a gridare come un disperato sul naso a massaro Venerando. - Cosa mi farete pignorare, quando non avrò più nulla? anticristo che siete! - E voleva levargli il battesimo dalla testa, se non fosse stato per don Licciu Papa lì presente, collo sciabolotto e il berretto gallonato, il quale si mise a gridare tirandosi indietro: - Fermo alla Giustizia! - Fermo alla Giustizia!

- Che Giustizia! - strillava compare Vito tornando a casa colla cavezza in mano. - La Giustizia è fatta per quelli che hanno da spendere -.

Questo lo sapeva anche curatolo Arcangelo, che quando era stato in causa col Reverendo per via della casuccia, perché il Reverendo voleva comprargliela per forza, tutti gli dicevano: - Che siete matto a pigliarvela col Reverendo? È la storia della brocca contro il sasso! Il Reverendo coi suoi denari si affitta la meglio lingua d'avvocato, e vi riduce povero e pazzo -.

Il Reverendo, dacché s'era fatto ricco, aveva ingrandito la casuccia paterna, di qua e di là, come fa il porcospino che si gonfia per scacciare i vicini dalla tana. Ora aveva slargata la finestra che dava sul tetto di curatolo Arcangelo, e diceva che gli bisognava la casa di lui per fabbricarvi sopra la cucina e mutare la finestra in uscio. - Vedete, compare Arcangelo mio, senza cucina non ci posso stare! Bisogna che siate ragionevole -.

Compare Arcangelo non lo era punto, e si ostinava a pretendere di voler morire nella casa dove era nato. Tanto, non ci veniva che una volta al sabato; ma quei sassi lo conoscevano, e se pensava al paese, nei pascoli del Carramone, non lo vedeva altrimenti che sotto forma di quell'usciolo rattoppato, e di quella finestra senza vetri. - Va bene, va bene, - rispondeva fra di sé il Reverendo. - Teste di villani! Bisogna farci entrare la ragione per forza -.

E dalla finestra del Reverendo piovevano sul tetto di curatolo Arcangelo cocci di stoviglie, sassi, acqua sporca; e riducevano il cantuccio dov'era il letto peggio di un porcile. Se curatolo Arcangelo gridava, il Reverendo si metteva a gridare sul tetto, più forte di lui. - Che non poteva più tenerci un vaso di basilico sul davanzale? Non era padrone d'inaffiare i suoi fiori?

Curatolo Arcangelo aveva la testa dura peggio dei suoi montoni, e ricorse alla Giustizia. Vennero il giudice, il cancelliere, e don Licciu Papa, a vedere se il Reverendo era padrone d'inaffiare i suoi fiori, che quel giorno non ci erano più alla finestra, e il Reverendo aveva il solo disturbo di levarli ogni volta che doveva venire la Giustizia, e rimetterli al loro posto appena voltava le spalle. Il giudice stesso non poteva passare il tempo a far la guardia al tetto di curatolo Arcangelo, o ad andare e venire dalla straduccia; ogni sua visita costava cara.

Restava la quistione di sapere se la finestra del Reverendo doveva essere coll'inferriata o senza inferriata, e il giudice, e il cancelliere, e tutti, guardavano cogli occhiali sul naso, e pigliavano misure che pareva un tetto di barone, quel tettuccio piatto e ammuffito.

E il Reverendo tirò pure fuori certi diritti vecchi per la finestra senza inferriata, e per alcune tegole che sporgevano sul tetto, che non ci si capiva più nulla, e il povero curatolo Arcangelo guardava in aria anche lui, per capacitarsi che colpa avesse il suo tetto. Ei ci perse il sonno della notte e il riso della bocca; si dissanguava a spese, e doveva lasciare la mandra in custodia del ragazzo per correre dietro al giudice e all'usciere. Per giunta le pecore gli morivano come le mosche, ai primi freddi dell'inverno, ché il Signore lo castigava perché se la pigliava colla Chiesa, dicevano.

- E voi pigliatevi la casa, - disse infine al Reverendo, che dopo tante liti e tante spese non gliene avanzava il danaro da comprarsi la corda per impiccarsi a un travicello. Voleva mettersi in collo la sua bisaccia e andarsene colla figliola a stare colle pecore, ché quella maledetta casa non voleva vederla più, finché era al mondo.

Ma allora uscì in campo il barone, l'altro vicino, il quale ci aveva anche lui delle finestre e delle tegole sul tetto di curatolo Arcangelo, e giacché il Reverendo voleva fabbricarsi la cucina, egli aveva pure bisogno di allargare la dispensa, sicché il povero capraio non sapeva più di chi fosse la sua casa. Ma il Reverendo trovò il modo di aggiustare la lite col barone, dividendosi da buoni amici fra di loro la casa di curatolo Arcangelo, e poiché costui ci aveva anche quest'altra servitù, gli ridusse il prezzo di un buon quarto.

Nina, la figlia di curatolo Arcangelo, come dovevano lasciare la casa e andarsene via dal paese, non finiva di piangere, quasi ci avesse avuto il cuore attaccato a quei muri e a quei chiodi delle pareti. Suo padre, poveraccio, tentava di consolarla come meglio poteva, dicendole che laggiù, nelle grotte del Carramone, ci si stava da principi, senza vicini e senza acchiappaporci. Ma le comari, che sapevano tutta la storia, si strizzavano l'occhio fra di loro borbottando:

- Al Carramone il *signorino* non potrà più andarla a trovare, di sera, quando compare Arcangelo è colle sue pecore. Per questo la Nina piange come una fontana -.

Come lo seppe compare Arcangelo cominciò a bestemmiare e a gridare: - Scellerata! adesso con chi vuoi che ti mariti? -

Ma la Nina non pensava a maritarsi. Voleva soltanto continuare a stare dov'era il *signorino*, che lo vedeva tutti i giorni alla finestra, appena si alzava, e gli faceva segno se poteva andare a trovarla la sera. In tal modo la Nina c'era cascata, col veder tutti i giorni alla finestra il *signorino*, che dapprincipio le rideva, e le mandava i baci e il fumo della pipa, e le vicine schiattavano d'invidia. Poscia a poco a poco era venuto l'amore, talché adesso la ragazza non ci vedeva più dagli occhi, e aveva detto chiaro e tondo a suo padre:

- Voi andatevene dove volete, che io me ne sto qui dove sono -. E il *signorino* le aveva promesso che la campava lui.

Curatolo Arcangelo di quel pane non ne mangiava, e voleva chiamare don Licciu Papa per condur via a forza la figliuola. - Almeno quando saremo via di qui, nessuno saprà le nostre disgrazie, - diceva. Ma il giudice gli rispose che la Nina aveva già gli anni del giudizio, ed era padrona di fare quel che gli pareva e piaceva.

- Ah! È padrona? - borbottava curatolo Arcangelo. - Anch'io son padrone! - E appena incontrò il *signorino*, che gli fumava sul naso, gli spaccò la testa come una noce con una legnata.

Dopo che l'ebbero legato ben bene, accorse don Licciu Papa, gridando: - Largo alla Giustizia! largo alla Giustizia! -

Davanti alla Giustizia gli diedero anche un avvocato, per difendersi. - Almeno stavolta la Giustizia non mi costa nulla; - diceva compare Arcangelo. E fu meglio per lui. L'avvocato riuscì a provare come quattro e quattro fanno otto, che curatolo Arcangelo non l'aveva fatto apposta, di cercare d'ammazzare il *signorino*, con un randello di pero selvatico, ch'era del suo mestiere, e se ne serviva per darlo sulle corna ai montoni quando non volevano intender ragione.

Così fu condannato soltanto a 5 anni, la Nina rimase col *signorino*, il barone allargò la sua dispensa, e il Reverendo fabbricò una bella casa nuova su quella vecchia di curatolo Arcangelo, con un balcone e due finestre verdi.

IL MISTERO

Questa, ogni volta che tornava a contarla, gli venivano i lucciconi allo zio Giovanni, che non pareva vero, su quella faccia di sbirro.

Il teatro l'avevano piantato nella piazzetta della chiesa: mortella, quercioli, ed anche rami interi d'ulivo, colla fronda, tal quale, ché nessuno si era rifiutato a lasciar pigliare la sua roba pel Sacro Mistero.

Lo zio Memmu, al vedere nella sua chiusa il sagrestano a stroncare e scavezzare rami interi, si sentiva quei colpi di scure nello stomaco, e gli gridava da lontano:

- Che non siete cristiano, compare Calogero? o non ve l'ha messo il prete l'olio santo, per dare così senza pietà su quell'ulivastro? - Ma sua moglie, pur colle lagrime agli occhi, andava calmandolo:

- È pel Mistero; lascialo fare. Il Signore ci manderà la buon'annata. Non vedi quel seminato che muore di sete? -

Tutto giallo, del verde-giallo che hanno i bambini malati, poveretto! sulla terra bianca e dura come una crosta, che se lo mangiava, e vi faceva venire l'arsura in gola al solo vederlo.

- Questa è tutta opera di don Angelino, brontolava il marito, per farsi la provvista della legna, e chiapparsi i soldi della limosina -.

Don Angelino, il pievano, aveva lavorato otto giorni come un facchino, col sagrestano, a scavar buche, rincalzar pali, appendere lampioncini di carta rossa, e sciorinare in fondo il cortinaggio nuovo di massaro Nunzio, che si era maritato allora allora, e faceva un ben vedere nel bosco e coi lampioni davanti.

Il Mistero rappresentava la *Fuga in Egitto*, e la parte di Maria Santissima l'avevano data a compare Nanni, che era piccolo di statura, e si era fatta radere la barba apposta. Appena compariva, portando in collo Gesù Bambino, ch'era il figlio di comare Menica, e diceva ai ladri: "Ecco il mio sangue!" la gente si picchiava il petto coi sassi, e si mettevano a gridare tutti in una volta. - Miseremini mei, Vergine Santa! - Ma Janu e mastro Cola, che erano i ladri, colle barbe finte di pelle d'agnello, non davano retta, e volevano rapirle il Sacro Figlio per portarlo ad Erode. Quelli aveva saputo sceglierli il pievano, da fare i ladri! Veri cuori di sasso erano! ché il Pinto, nella lite che aveva con compare Janu pel fico dell'orto, gli rinfacciava d'allora in poi: - Voi siete il ladro della *Fuga in Egitto*! -

Don Angelino, collo scartafaccio in mano, badava a ripetere dietro il tendone di massaro Nunzio:

"Vano, o donna, è il pregar; pietà non sento! - Pietà non sento!" - Tocca a voi, compare Janu -; ché quei due furfanti avevano persino dimenticata la parte, tal razza di gente erano! Maria Vergine aveva un bel pregare e scongiurarli, ché nella folla borbottavano:

- Compare Nanni fa il minchione perché è vestito da Maria Santissima. Se no li infilerebbe tutti e due col coltello a serramanico che ci ha in tasca -.

Ma come entrò in scena San Giuseppe, con quella barba bianca di bambagia, il quale andava cercando la sua sposa in mezzo al bosco che gli arrivava al petto, la folla non sapeva più star ferma, perché ladri, Madonna, e San Giuseppe avrebbero potuto acchiapparsi colle mani, se il Mistero non fosse stato che dovevano corrersi dietro senza raggiungersi. Qui stava il miracolo - Se i malandrini arrivavano ad acchiappare la Madonna e San Giuseppe, tutti insieme, ne facevano tonnina, ed anche del bambino Gesù, Dio liberi!

Comare Filippa, la quale ci aveva il marito in galera per avere ammazzato a colpi di zappa il vicino della vigna, quello che gli rubava i fichidindia, piangeva come una fontana, al vedere San Giuseppe inseguìto dai ladri peggio di un coniglio, e pensava a suo marito, quando gli era arrivato alla capannuccia della vigna tutto trafelato, coi gendarmi alle calcagna, e gli aveva detto:

- Dammi un sorso d'acqua. Non ne posso più! -

Poi l'avevano ammanettato come Gesù all'orto, e l'avevano chiuso nella stia di ferro, per fargli il processo, col berretto fra le mani, e i capelli divenuti per intero una boscaglia grigia in tanti mesi di prigione - l'aveva ancora negli occhi - che ascoltava i giudici e i testimoni con quella faccia gialla di carcerato. E quando se l'erano portato via per mare, che non ci era mai stato, il poveretto, colla sporta in spalla, e legato coi compagni di galera, a resta come le cipolle, egli si era voltato a guardarla per l'ultima volta con quella faccia, finché non la vide più, ché dal mare non torna nessuno, e non se ne seppe più nulla.

- Voi lo sapete dove egli sia adesso, Madre Addolorata! - biascicava la vedova del vivo inginocchiata sulle calcagna, pregando pel poveretto, che gli pareva di vederlo, là, lontano, nel nero. Ella sola poteva sapere che razza di angoscia doveva esserci nel cuore della Madonna, in quel momento che i ladri erano lì lì per aggiuntare San Giuseppe pel mantello.

- Ora state a vedere l'incontro del patriarca San Giuseppe coi malandrini! - diceva don Angelino asciugandosi il sudore col fazzoletto da naso. E Trippa, il macellaio, picchiava sulla grancassa - zum! zum! zum! - per far capire che i ladri si accapigliavano con San Giuseppe. Le comari si misero a strillare, e gli altri raccattavano dei sassi, per rompere il grugno a quei due birbanti di Janu e di compare Cola, gridando:

- Lasciate stare il patriarca San Giuseppe! sbirri che siete! - E massaro Nunzio, per amore del cortinaggio, gridava anche lui che non glielo sfondassero. Don Angelino allora affacciò la testa dalla sua tana, colla barba lunga di otto giorni, affannandosi a calmarli colle mani e colle parole:

- Lasciateli fare! lasciateli fare! Così è scritto nella parte -.

Bella parte che aveva scritto! e diceva pure che era tutta roba di sua invenzione. Già lui avrebbe messo Cristo in croce colle sue mani per chiappargli i tre tarì della messa. O compare Rocco, un padre di cinque figli, non l'aveva fatto seppellire senza uno straccio di mortorio, perché non poteva spillargli nulla? - là, sotto la pietra della chiesa, di sera, al buio, che non ci si vedeva a calarlo giù nella sepoltura, per l'eternità. - E allo zio Menico non aveva espropriata la casuccia, perché era fabbricata sulla *sciara* della chiesa, e ci pesava addosso un censo di due tarì all'anno che lo zio Menico non era riuscito a pagar mai? Allorché aveva fabbricato la casuccia, tutto contento, trasportando i sassi colle sue mani, non gli passava per la testa che un giorno o l'altro il pievano glie la avrebbe fatta vendere per quei due tarì del censo. Due tarì all'anno infine cosa sono? Il difficile era di metterli insieme tutti e due alla scadenza, e don Angelino gli rispondeva, stringendosi nelle spalle:

- Cosa posso farci, fratel mio? Non è roba mia; è roba della Chiesa -. Tale e quale come mastro Calogero, il sagrestano, il quale ripeteva:

- Altare servi, altare ti dà pane - diceva lui. Adesso s'era appeso alla fune del campanile e suonava a tutto andare, mentre Trippa batteva sulla gran cassa, e le donne vociferavano: - Miracolo! Miracolo! -

Qui lo zio Giovanni sentivasi rizzare in capo i vecchi peli, al rammentare.

Giusto un anno dopo, giorno per giorno, la vigilia del venerdì santo, Nanni e mastro Cola s'incontrarono in quello stesso luogo, di notte, che c'era la luna di Pasqua, e ci si vedeva chiaro come di giorno nella piazzetta.

Nanni stava appiattato dietro il campanile, per sorprendere chi andasse da comare Venera, ché due o tre volte l'aveva sorpresa tutta sossopra e discinta, e aveva sentito qualcuno sgattaiolarsela dal cancello dell'orto.

- Chi c'era qui con te? È meglio dirmelo. Se vuoi bene ad un altro, io me ne vado via, e buona notte ai suonatori. Ma sai, quelle cose in testa non voglio portarle! -

Ella protestava che non era vero, giurava per l'anima di suo marito, e chiamava a testimoni il Signore e la Madonna appesi a capo del letto, e baciava colle mani in croce quella medesima sottana di cotonina celeste che aveva imprestato a compare Nanni per fare la Maria. - Pensaci! pensaci bene a quello che mi dici! - Egli non sapeva che la Venera s'era incapricciata di mastro Cola quando l'aveva visto a fare il ladro del Mistero colla barba di pelle d'agnello. - Or bene, - pensò allora - qui bisogna mettersi alla posta del coniglio come il cacciatore, per accertarsi della cosa cogli occhi propri -. La donna aveva detto all'altro: - Guardatevi di compare Nanni. Egli ci ha in testa qualche cosa, al modo che mi guarda, e come fruga per la casa ogni volta che arriva! - Cola aveva la madre sulle spalle, che campava del suo lavoro, e non s'arrischiava più di andare da comare Venera; - un giorno, due, tre, finché il diavolo lo tentò colla luna che trapelava sino al letto dalle fessure delle imposte, e gli metteva dinanzi agli occhi ad ogni momento la stradicciuola deserta, e l'uscio della vedova, allo svoltare della piazzetta di faccia al campanile. Nanni aspettava, nell'ombra, solo in mezzo alla piazza tutta bianca di luna, e in un silenzio che si udiva suonare ogni quarto d'ora l'orologio di Viagrande, e il trotterellare dei cani che andavano fiutando ad ogni cantuccio e frugavano col muso nella spazzatura. Infine si udì una pedata, rasente i muri, fermarsi all'uscio della Venera, e bussar piano, una, due volte, e poi più lieve ed in fretta, come uno che gli batte il cuore dal desiderio e dalla paura, e Nanni si sentiva picchiare anche lui dentro il petto quei colpi. Poi l'uscio si schiuse, adagio adagio, con uno spiraglio più nero dell'ombra, e si udì una schioppettata.

Mastro Cola cadde gridando: - Mamma mia! m'ammazzarono! -

Nessuno udì né vide nulla, per timore della giustizia; la stessa comare Venera disse che dormiva. Soltanto la madre, all'udir la schioppettata, si sentì colpita nelle viscere, e corse come si trovava, a raccattare Cola dall'uscio della vedova, gridando - Figlio mio! figlio mio! - I vicini si affacciarono coi lumi, e solo rimaneva chiuso quell'uscio contro il quale la madre disperata imprecava così: - Scellerata! scellerata! Mi hai assassinato il figliuolo! -

La madre, ginocchioni accanto al letto del ferito, pregava Dio, giungendo le mani forte forte, cogli occhi asciutti che sembrava una pazza: - Signore! Signore! Mio figlio, Signore! - Ah! che mala Pasqua le aveva dato il Signore! Giusto il venerdì santo, mentre passava la processione, col tamburo e don Angelino incoronato di spine! Ah! che nero faceva in quella casa! e dall'uscio aperto si vedeva il sole, e i seminati belli, ché la gente quella volta non aveva avuto bisogno di pregare Dio per la buona annata, e lasciava solo don Angelino a battersi le spalle colla disciplina; anzi quando il sagrestano era andato a far legna col pretesto del Mistero, l'avevano minacciato di rompergli le gambe a sassate, se non andava via lesto. - Nella sua casa solo si piangeva! ora che tutti erano contenti! Nella sua casa sola! Buttata lì davanti a quel lettuccio come un sacco di cenci, disfatta, diventata decrepita tutta in una volta, coi capelli grigi, pendenti di qua e di là della faccia. E non udiva nessuno della gente che riempiva la stanza per curiosità. Non vedeva altro che quegli occhi appannati del figliuolo e quel naso affilato. Gli avevano chiamato il medico; ci avevano condotta comare Barbara, quella della buona ventura, e la povera madre s'era levati di bocca tre tarì per fargli dire una messa da don Angelino. Il medico scrollava il capo. - Qui ci vuol altro che la messa di don Angelino; - dicevano le comari - qui ci vorrebbe il cotone benedetto di fra' Sanzio l'eremita, oppure la candela della Madonna di Valverde, che fa miracoli dappertutto -. Il ferito, col cotone benedetto sullo stomaco, e la candela davanti alla faccia gialla, spalancava gli occhi appannati, guardando i vicini ad uno ad uno, e cercava di sorridere alla mamma, colle labbra pallide, per farle intendere che si sentiva meglio davvero, con quel cotone miracoloso sullo stomaco. Egli accennava di sì col capo, con quel sorriso tanto triste dei moribondi che dicono di star meglio. Il medico invece diceva di no; che non avrebbe passato la notte. E don Angelino, per non screditare la mercanzia, ripeteva:

- Ci vuole la fede per fare i miracoli. Se non c'è la fede è come lavare la testa all'asino. I santi, le reliquie, il cotone benedetto, tutte belle cose quando si ha la fede -. La povera madre ne aveva tanta della fede, che parlava a tu per tu coi Santi e la Madonna, e diceva alla candela benedetta, presto presto e coi denti stretti: - Signore! Signore! Voi me la farete la grazia! Voi mi lascerete il mio figliuolo. Signore! - E il figliuolo ascoltava, intento, cogli occhi fissi sulla candela, e cercava di sorridere, e dire di sì col capo anche lui.

Tutto il villaggio impazzì a strologare i numeri di quel fatto: ma chi ci vinse l'ambo fu solo la gnà Venera. Anzi ci avrebbe preso il terno se ci metteva anche il sangue che si era trovato nella piazzetta, poiché mastro Cola annaspando e barcollando era andato a cascare giusto nel punto dove l'anno prima aveva fatto il ladro del Mistero. Però la gnà Venera dovette spatriare dal paese, perché nessuno gli comperava più il pane del panchetto, e la chiamavano "la scomunicata". Compare Nanni, anche lui durò un pezzo a scappare di qua e di là, per le sciare e le chiuse, ma alla prima fame dell'inverno lo avevano acchiappato di notte vicino alle prime case del paese, dove aspettava il ragazzo che soleva portargli il pane di nascosto. Gli fecero il processo e se lo portarono di là del mare, col marito di comare Filippa.

Anche lui, se non avesse pensato di mettersi la gonnella della "scomunicata" per fare la Beata Vergine!

MALARIA

E' vi par di toccarla colle mani - come dalla terra grassa che fumi, là, dappertutto, torno torno alle montagne che la chiudono, da Agnone al Mongibello incappucciato di neve - stagnante nella pianura, a guisa dell'afa pesante di luglio. Vi nasce e vi muore il sole di brace, e la luna smorta, e la *Puddara*, che sembra navigare in un mare che svapori, e gli uccelli e le margherite bianche della primavera, e l'estate arsa, e vi passano in lunghe file nere le anitre nel nuvolo dell'autunno, e il fiume che luccica quasi fosse di metallo, fra le rive larghe e abbandonate, bianche, slabbrate, sparse di ciottoli; e in fondo il lago di Lentini, come uno stagno, colle sponde piatte, senza una barca, senza un albero sulla riva, liscio ed immobile. Sul greto pascolano svogliatamente i buoi, rari, infangati sino al petto, col pelo irsuto. Quando risuona il campanaccio della mandra, nel gran silenzio, volan via le cutrettole, silenziose, e il pastore istesso, giallo di febbre, e bianco di polvere anche lui, schiude un istante le palpebre gonfie, levando il capo all'ombra dei giunchi secchi.

È che la malaria v'entra nelle ossa col pane che mangiate, e se aprite bocca per parlare, mentre camminate lungo le strade soffocanti di polvere e di sole, e vi sentite mancar le ginocchia, o vi accasciate sul basto della mula che va all'ambio, colla testa bassa. Invano Lentini, e Francofonte, e Paternò, cercano di arrampicarsi come pecore sbrancate sulle prime colline che scappano dalla pianura, e si circondano di aranceti, di vigne, di orti sempre verdi; la malaria acchiappa gli abitanti per le vie spopolate, e li inchioda dinanzi agli usci delle case scalcinate dal sole, tremanti di febbre sotto il pastrano, e con tutte le coperte del letto sulle spalle.

Laggiù, nella pianura, le case sono rare e di aspetto malinconico, lungo le strade mangiate dal sole, fra due mucchi di concime fumante, appoggiate alle tettoie crollanti, dove aspettano coll'occhio spento, legati alla mangiatoia vuota, i cavalli di ricambio. - O sulla sponda del lago, colla frasca decrepita dell'osteria appesa all'uscio, le grandi stanzucce vuote, e l'oste che sonnecchia accoccolato sul limitare, colla testa stretta nel fazzoletto, spiando ad ogni svegliarsi, nella campagna deserta, se arriva un passeggiero assetato. - Oppure come cassette di legno bianco, impennacchiate da quattro eucalipti magri e grigi, lungo la ferrovia che taglia in due la pianura come un colpo d'accetta, dove vola la macchina fischiando al pari di un vento d'autunno, e la notte corruscano scintille infuocate. - O infine qua e là, sul limite dei poderi segnato da un pilastrino appena squadrato, coi tetti appuntellati dal di fuori, colle imposte sconquassate, dinanzi all'aia screpolata, all'ombra delle alte biche di paglia dove dormono le galline colla testa sotto l'ala, e l'asino lascia cascare il capo, colla bocca ancora piena di paglia, e il cane si rizza sospettoso, e abbaia roco al sasso che si stacca dall'intonaco, alla lucertola che striscia, alla foglia che si muove nella campagna inerte.

La sera, appena cade il sole, si affacciano sull'uscio uomini arsi dal sole, sotto il cappellaccio di paglia e colle larghe mutande di tela, sbadigliando e stirandosi le braccia; e donne seminude, colle spalle nere, allattando dei bambini già pallidi e disfatti, che non si sa come si faranno grandi e neri, e come ruzzeranno sull'erba quando tornerà l'inverno, e l'aia diverrà verde un'altra volta, e il cielo azzurro e tutt'intorno la campagna riderà al sole. E non si sa neppure dove stia e perché ci stia tutta quella gente che alla domenica corre per la messa alle chiesuole solitarie, circondate dalle siepi dei fichidindia, a dieci miglia in giro, sin dove si ode squillare la campanella fessa nella pianura che non finisce mai.

Però dov'è la malaria è terra benedetta da Dio. In giugno le spighe si coricano dal peso, e i solchi fumano quasi avessero sangue nelle vene appena c'entra il vomero in novembre. Allora bisogna pure che chi semina e chi raccoglie caschi come una spiga matura, perché il Signore ha detto: "Il pane che si mangia bisogna sudarlo". Come il sudore della febbre lascia qualcheduno stecchito sul pagliericcio di granoturco, e non c'è più bisogno di solfato né di decotto d'eucalipto, lo si carica sulla carretta del fieno, o attraverso il basto dell'asino, o su di una scala, come si può, con un sacco sulla faccia, e si va a deporlo alla chiesuola solitaria, sotto i fichidindia spinosi di cui nessuno perciò mangia i frutti. Le donne piangono in crocchio, e gli uomini stanno a guardare, fumando.

Così s'erano portato il camparo di Valsavoia, che si chiamava massaro Croce, ed erano trent'anni che inghiottiva solfato e decotto d'eucalipto. In primavera stava meglio, ma d'autunno, come ripassavano le anitre, egli si metteva il fazzoletto in testa, e non si faceva più vedere sull'uscio che ogni due giorni; tanto che si era ridotto pelle ed ossa, e aveva una pancia grossa come un tamburo, che lo chiamavano *il Rospo* anche pel suo fare rozzo e selvatico, e perché gli erano diventati gli occhi smorti e a fior di testa. Egli diceva sempre prima di morire: - Non temete, che pei miei figli il padrone ci penserà! - E con quegli occhiacci attoniti guardava in faccia ad uno ad uno coloro che gli stavano attorno al letto, l'ultima sera, e gli mettevano la candela sotto il naso. Lo zio Menico, il capraio, che se ne intendeva, disse che doveva avere il fegato duro come un sasso e pesante un rotolo e mezzo. Qualcuno aggiungeva pure:

- Adesso se ne impipa! ché s'è ingrassato e fatto ricco a spese del padrone, e i suoi figli non hanno bisogno di nessuno! Credete che l'abbia preso soltanto pei begli occhi del padrone tutto quel solfato e tutta quella malaria per trent'anni? -

Compare Carmine, l'oste del lago, aveva persi allo stesso modo i suoi figliuoli tutt'e cinque, l'un dopo l'altro, tre maschi e due femmine. Pazienza le femmine! Ma i maschi morivano appunto quando erano grandi, nell'età di guadagnarsi il pane. Oramai egli lo sapeva; e come le febbri vincevano il ragazzo, dopo averlo travagliato due o tre anni, non spendeva più un soldo, né per solfato né per decotti, spillava del buon vino e si metteva ad ammanire tutti gli intingoli di pesce che sapeva, onde stuzzicare l'appetito al malato. Andava apposta colla barca a pescare la mattina, tornava carico di cefali, di anguille grosse come il braccio, e poi diceva al figliuolo, ritto dinanzi al letto e colle lagrime agli occhi: - Tè! mangia! - Il resto lo pigliava Nanni, il carrettiere per andare a venderlo in città. - Il lago vi dà e il lago vi piglia! - Gli diceva Nanni, vedendo piangere di nascosto compare Carmine. - Che volete farci, fratel mio? - Il lago gli aveva dato dei bei guadagni. E a Natale, quando le anguille si vendono bene, nella casa in riva al lago, cenavano allegramente dinanzi al fuoco, maccheroni, salsiccia e ogni ben di Dio, mentre il vento urlava di fuori come un lupo che abbia fame e freddo. In tal modo coloro che restavano si consolavano dei morti. Ma a poco a poco andavano assottigliandosi così che la madre divenne curva come un gancio dai crepacuori, e il padre che era grosso e grasso, stava sempre sull'uscio, onde non vedere quelle stanzacce vuote, dove prima cantavano e lavoravano i suoi ragazzi. L'ultimo rimasto non voleva morire assolutamente, e piangeva e si disperava allorché lo coglieva la febbre, e persino andò a buttarsi nel lago dalla paura della morte. Ma il padre che sapeva nuotare lo ripescò, e lo sgridava che quel bagno freddo gli avrebbe fatto tornare la febbre peggio di prima. - Ah! - singhiozzava il giovanetto colle mani nei capelli, - per me non c'è più speranza! per me non c'è più speranza! - Tutto sua sorella Agata, che non voleva morire perché era sposa! - osservava compare Carmine di faccia a sua moglie, seduta accanto al letto; e lei, che non piangeva più da un pezzo, confermava col capo, curva al pari di un gancio.

Lei, ridotta a quel modo, e suo marito grasso e grosso avevano il cuoio duro, e rimasero soli a guardar la casa. La malaria non ce l'ha contro di tutti. Alle volte uno vi campa cent'anni, come Cirino lo scimunito, il quale non aveva né re né regno, né arte né parte, né padre né madre, né casa per dormire, né pane da mangiare, e tutti lo conoscevano a quaranta miglia intorno, siccome andava da una fattoria all'altra, aiutando a governare i buoi, a trasportare il concime, a scorticare le bestie morte, a fare gli uffici vili; e pigliava delle pedate e un tozzo di pane; dormiva nei fossati, sul ciglione dei campi, a ridosso delle siepi, sotto le tettoie degli stallazzi; e viveva di carità, errando come un cane senza padrone, scamiciato e scalzo, con due lembi di mutande tenuti insieme da una funicella sulle gambe magre e nere; e andava cantando a squarciagola sotto il sole che gli martellava sulla testa nuda, giallo come lo zafferano. Egli non prendeva più né solfato, né medicine, né pigliava le febbri. Cento volte l'avevano raccolto disteso, quasi fosse morto, attraverso la strada; infine la malaria l'aveva lasciato, perché non sapeva più che farsene di lui. Dopo che gli aveva mangiato il cervello e la polpa delle gambe, e gli era entrata tutta nella pancia gonfia come un otre, l'aveva lasciato contento come una pasqua, a cantare al sole meglio di un grillo. Di preferenza lo scimunito soleva stare dinanzi lo stallatico di Valsavoia, perché ci passava della gente, ed egli correva loro dietro per delle miglia, gridando, uuh! uuh! finché gli buttavano due centesimi. L'oste gli prendeva i centesimi e lo teneva a dormire sotto la tettoia, sullo strame dei cavalli, che quando si tiravano dei calci, Cirino correva a svegliare il padrone gridando uuh! e la mattina li strigliava e li governava.

Più tardi era stato attratto dalla ferrovia che costrussero lì vicino. I vetturali e i viandanti erano diventati più rari sulla strada, e lo scimunito non sapeva che pensare, guardando in aria delle ore le rondini che volavano, e batteva le palpebre al sole per capacitarsene. La prima volta, al vedere tutta quella gente insaccata nei carrozzoni che passavano dalla stazione, parve che indovinasse. E d'allora in poi ogni giorno aspettava il treno, senza sbagliare di un minuto, quasi avesse l'orologio in testa; e mentre gli fuggiva dinanzi, gettandogli contro la faccia il fumo e lo strepito, egli si dava a corrergli dietro, colle braccia in aria, urlando in tuono di collera e di minaccia: uuh! uuh!...

L'oste, anche lui, ogni volta che da lontano vedeva passare il treno sbuffante nella malaria, non diceva nulla, ma gli sputava contro il fatto suo scrollando il capo, davanti alla tettoia deserta e ai boccali vuoti. Prima gli affari andavano così bene che egli aveva preso quattro mogli, l'una dopo l'altra, tanto che lo chiamavano "Ammazzamogli" e dicevano che ci aveva fatto il callo, e tirava a pigliarsi la quinta, se la figlia di massaro Turi Oricchiazza non gli faceva rispondere: - Dio ne liberi! nemmeno se fosse d'oro, quel cristiano! Ei si mangia il prossimo suo come un coccodrillo! - Ma non era vero che ci avesse fatto il callo, perché quando gli era morta comare Santa, ed era la terza, egli sino all'ora di colazione non ci aveva messo un boccone di pane in bocca, né un sorso d'acqua, e piangeva per davvero dietro il banco dell'osteria. - Stavolta voglio pigliarmi una che è avvezza alla malaria - aveva detto dopo quel fatto. - Non voglio più soffrirne di questi dispiaceri -.

Le mogli gliele ammazzava la malaria, ad una ad una, ma lui lo lasciava tal quale, vecchio e grinzoso, che non avreste immaginato come quell'uomo lì ci avesse anche lui il suo bravo omicidio sulle spalle, quantunque tirasse a prendere la quarta moglie. Pure la moglie ogni volta la cercava giovane e appetitosa, ché senza moglie l'osteria non può andare, e per questo gli avventori s'erano diradati. Ora non restava altri che compare Mommu, il cantoniere della ferrovia lì vicino, un uomo che non parlava mai, e veniva a bere il suo bicchiere fra un treno e l'altro, mettendosi a sedere sulla panchetta accanto all'uscio, colle scarpe in mano, per lasciare riposare i piedi. - Questi qui non li coglie la malaria! - pensava "Ammazzamogli" senza aprir bocca nemmeno lui, ché se la malaria li avesse fatti cadere come le mosche non ci sarebbe stato chi facesse andare quella ferrovia là. Il poveraccio, dacché s'era levato dinanzi agli occhi il solo uomo che gli avvelenava l'esistenza, non ci aveva più che due nemici al mondo: la ferrovia che gli rubava gli avventori, e la malaria che gli portava via le mogli. Tutti gli altri nella pianura, sin dove arrivavano gli occhi, provavano un momento di contentezza, anche se nel lettuccio ci avevano qualcuno che se ne andava a poco a poco, o se la febbre li abbatteva sull'uscio, col fazzoletto in testa e il tabarro addosso. Si ricreavano guardando il seminato che veniva su prosperoso e verde come il velluto, o le biade che ondeggiavano al par di un mare, e ascoltavano la cantilena lunga dei mietitori, distesi come una fila di soldati, e in ogni viottolo si udiva la cornamusa, dietro la quale arrivavano dalla Calabria degli sciami di contadini per la messe, polverosi, curvi sotto la bisaccia pesante, gli uomini avanti e le donne in coda, zoppicanti e guardando la strada che si allungava con la faccia arsa e stanca. E sull'orlo di ogni fossato, dietro ogni macchia d'aloe, nell'ora in cui cala la sera come un velo grigio, fischiava lo zufolo del guardiano, in mezzo alle spighe mature che tacevano, immobili al cascare del vento, invase anch'esse dal silenzio della notte. - Ecco! - pensava "Ammazzamogli". - Tutta quella gente là se fa tanto di non lasciarci la pelle e di tornare a casa, ci torna con dei denari in tasca -.

Ma lui no! lui non aspettava né la raccolta né altro, e non aveva animo di cantare. La sera calava tanto triste, nello stallazzo vuoto e nell'osteria buia. A quell'ora il treno passava da lontano fischiando, e compare Mommu stava accanto al suo casotto colla bandieruola in mano; ma fin lassù, dopo che il treno era svanito nelle tenebre, si udiva Cirino lo scimunito che gli correva dietro urlando, uuh!... E "Ammazzamogli" sulla porta dell'osteria buia e deserta pensava che per quelli lì la malaria non ci era.

Infine quando non poté pagar più l'affitto dell'osteria e dello stallazzo, il padrone lo mandò via dopo 57 anni che c'era stato, e "Ammazzamogli" si ridusse a cercar impiego nella ferrovia anche lui, e a tenere in mano la bandieruola quando passava il treno.

Allora stanco di correre tutto il giorno su e giù lungo le rotaie, rifinito dagli anni e dai malanni, vedeva passare due volte al giorno la lunga fila dei carrozzoni stipati di gente; le allegre brigate di cacciatori che si sparpagliavano per la pianura; alle volte un contadinello che suonava l'organetto a capo chino, rincantucciato su di una panchetta di terza classe; le belle signore che affacciavano allo sportello il capo avvolto nel velo; l'argento e l'acciaio brunito dei sacchi e delle borse da viaggio che luccicavano sotto i lampioni smerigliati; le alte spalliere imbottite e coperte di trina. Ah, come si doveva viaggiar bene lì dentro, schiacciando un sonnellino! Sembrava che un pezzo di città sfilasse lì davanti, colla luminaria delle strade, e le botteghe sfavillanti. Poi il treno si perdeva nella vasta nebbia della sera, e il poveraccio, cavandosi un momento le scarpe, seduto sulla panchina, borbottava: - Ah! per questi qui non c'è proprio la malaria! -

GLI ORFANI

La piccina si affacciò all'uscio, attorcigliando fra le dita la cocca del grembiale, e disse:

- Sono qua -.

Poi, come nessuno badava a lei, si mise a guardare peritosa ad una ad una le comari che impastavano il pane, e riprese:

- M'hanno detto "vattene da comare Sidora".

- Vien qua, vien qua, - gridò comare Sidora, rossa come un pomodoro, dal bugigattolo del forno. - Aspetta ché ti farò una bella focaccia.

- Vuol dire che a comare Nunzia stanno per portarle il Viatico, se hanno mandato via la bambina -. Osservò la Licodiana.

Una delle comari che aiutavano ad impastare il pane, volse il capo, seguitando a lavorare di pugni nella madia, colle braccia nude sino al gomito, e domandò alla bimba:

- Come sta la tua madrigna? -

La bambina che non conosceva la comare, la guardò coi grandi occhi spalancati, e poscia tornando a chinare il capo, e a lavorar in furia colle cocche del grembiale, biascicò sottovoce:

- È a letto.

- Non sentite che c'è il Signore? - rispose la Licodiana. - Ora le vicine si son messe a strillare sulla porta.

- Quando avrò finito d'infornare il pane, - disse comare Sidora, - corro anch'io un momento a vedere se hanno bisogno di niente. Compare Meno perde il braccio destro, se gli muore quest'altra moglie.

- Certuni non hanno fortuna colle mogli, come quelli che son disgraziati colle bestie. Tante ne pigliano, e tante ne perdono. Guardate comare Angela!

- Ier sera, - aggiunse la Licodiana, - ho visto compare Meno sull`uscio, che era tornato dalla vigna prima dell'avemaria, e si soffiava il naso col fazzoletto

- Però, - aggiunse la comare che impastava il pane, - ei ci ha una santa mano ad ammazzare le mogli. In meno di tre anni sono adesso due figlie di curatolo Nino che si è mangiate, l'una dopo l'altra! Ancora un po' e si mangia anche la terza, e si pappa tutta quanta la roba di curatolo Nino.

- Ma cotesta bambina è figlia di comare Nunzia, oppure della prima moglie?

- È figlia della prima. A quest'altra le voleva bene come fosse sua mamma davvero, perché l'orfanella era anche sua nipote -.

La piccina, udendo che parlavano di lei, si mise a piangere cheta cheta in un cantuccio, per sfogarsi il cuor grosso, che aveva tenuto a bada giocherellando col grembiale.

- Vien qua, vien qua, - riprese comare Sidora. - La focaccia è bell'e pronta. Via, non piangere, ché la mamma è in paradiso -.

La bambina allora si asciugò gli occhi coi pugni chiusi, tanto più che comare Sidora dava mano a scoperchiare il forno.

- Povera comare Nunzia! - venne a dire una vicina affacciandosi sull'uscio. - Adesso ci vanno i beccamorti. Sono passati di qua or ora.

- Lontano sia! ché son figlia di Maria! - esclamarono le comari facendosi la croce.

Comare Sidora levò dal forno la focaccia, la ripulì dalla cenere, e la porse calda calda alla bambina, che la prese nel grembiale, e se ne andava adagio adagio, soffiandovi sopra.

- Dove vai? - Le gridò dietro comare Sidora. - Resta dove sei. A casa c'è il ba-bau colla faccia nera, che si porta via la gente -.

L'orfanella ascoltò seria seria, sgranando gli occhi. Poi riprese colla stessa cantilena cocciuta:

- Vo a portarla alla mamma.

- La mamma non c'è più. Statti qua -. Ripeté una vicina. - Mangiala tu la focaccia -.

Allora la piccina si accoccolò sullo scalino dell'uscio, tutta triste, colla focaccia nelle mani, senza toccarla.

Ad un tratto vedendo arrivare il babbo, si alzò lieta, e gli corse incontro. Compare Meno entrò senza dir nulla, e sedette in un canto colle mani penzoloni fra le ginocchia, la faccia lunga, e le labbra bianche come la carta, ché dal giorno innanzi non ci aveva messo un pezzo di pane in bocca dal crepacuore. Guardava le comari come a dire: - Poveretto me! -

Le donne, al vedergli il fazzoletto nero al collo, gli fecero cerchio intorno, colle mani intrise di farina, compassionandolo in coro.

- Non me ne parlate, comare Sidora! - ripeteva lui, scuotendo il capo e colle spalle grosse. - Questa è spina che non mi si leva più dal cuore! Vera santa era quella donna! che, senza farvi torto, non me la meritavo. Fino ad ieri, che stava tanto male, s'era levata di letto per andare a governare il puledro slattato adesso. E non voleva che chiamassi il medico per non spendere e non comprare medicine. Un'altra moglie come quella non la trovo più. Ve lo dico io! Lasciatemi piangere, ché ho ragione! -

E seguitava a scrollare il capo, e a gonfiare le spalle, quasi la sua disgrazia gli pesasse assai.

- Quanto a trovarvi un'altra moglie - aggiunse la Licodiana per fargli animo - non ne avete che a cercarla.

- No! no! - badava a ripetere compare Meno colla testa bassa come un mulo. - Un'altra moglie come questa non la trovo più. Stavolta resto vedovo! Ve io dico io! -

Comare Sidora gli diede sulla voce: - Non dite spropositi, ché non sta bene! Un'altra moglie dovete cercarvela, se non altro per rispetto di questa orfanella, altrimenti chi baderà a lei, quando andrete in campagna! volete lasciarla in mezzo alle strade?

- Trovatemela voi un'altra moglie come quella! Che non si lavava per non sporcar l'acqua; e in casa mi serviva meglio di un garzone, affezionata e fedele che non mi avrebbe rubato un pugno di fave dal graticcio, e non apriva mai bocca per dire "datemi!". Con tutto questo una bella dote, roba che valeva tant'oro! E mi tocca restituirla, perché non ci son figliuoli! Adesso me l'ha detto il sagrestano che veniva coll'acqua benedetta. E come le voleva bene a quella piccina, che le rammentava la sua povera sorella! Un'altra, che non fosse sua zia, me la guarda di malocchio, questa orfanella.

- Se pigliaste la terza figlia di curatolo Nino s'aggiusterebbe ogni cosa, per l'orfana e per la dote - . Osservò la Licodiana.

- Questo dico io. Ma non me ne parlate, ché ci ho tuttora la bocca amara come il fiele.

- Non son discorsi da farsi adesso -. Appoggiò comare Sidora. - Mangiate un boccone piuttosto, compare Meno, che siete tutto contraffatto.

- No! no! - andava ripetendo compare Meno. - Non mi parlate di mangiare, che mi sento un nodo alla gola -.

Comare Sidora gli mise dinanzi, su di uno scanno, il pane caldo, colle olive nere, un pezzo di formaggio di pecora, e il fiasco del vino. E il poveraccio cominciò a mangiucchiare adagio adagio, seguitando a borbottare col viso lungo.

- Il pane, - osservò intenerito, - come lo faceva la buon'anima, nessuno lo sa fare. Pareva di semola addirittura! E con una manata di finocchi selvatici vi preparava una minestra da leccarvene le dita. Ora mi toccherà comprare il pane a bottega, da quel ladro di mastro Puddo; e di minestre calde non ne troverò più, ogni volta che torno a casa bagnato come un pulcino. E bisognerà andarmene a letto collo stomaco freddo. Anche l'altra notte, mentre la vegliavo, che avevo zappato tutto il giorno a dissodare sulla costa, e mi sentivo russare io stesso, seduto accanto al letto, tanto ero stanco, la buona anima mi diceva: "Va a mangiarne due cucchiaiate. Ho lasciato apposta la minestra al caldo nel focolare". E pensava sempre a me, alla casa, al da fare che ci era, a questo e a quell'altro, che non finiva più di parlare, e di farmi le ultime raccomandazioni, come uno quando parte per un viaggio lungo, che la sentivo brontolare continuamente tra veglia e sonno. E se ne andava contenta all'altro mondo! col crocifisso sul petto, e le mani giunte di sopra. Non ha bisogno di messe e di rosari, quella santa! I denari pel prete sarebbero buttati via.

- Mondo di guai! - Esclamò la vicina. - Anche a comare Angela, qui vicino, sta per morire l'asino, dalla doglia.

- I guai miei son più grossi! - Finì compare Meno forbendosi la bocca col rovescio della mano. - No, non mi fate mangiare altro, ché i bocconi mi cascano dentro lo stomaco come fossero di piombo. Mangia tu piuttosto, povera innocente, che non capisci nulla. Ora non avrai più chi ti lavi e chi ti pettini. Ora non avrai più la mamma per tenerti sotto le ali come una chioccia, e sei rovinata come me. Quella te l'avevo trovata; ma un'altra matrigna come questa non l'avrai più, figlia mia! -

La bimba, intenerita, sporgeva di nuovo il labbro, e si metteva i pugni sugli occhi.

- No, non potete farne a meno - ripeteva comare Sidora. - Bisogna cercarvi un'altra moglie, per riguardo di questa povera orfanella che resta in mezzo a una strada.

- Ed io, come rimango? e il mio puledro? e la mia casa? e alle galline chi ci baderà? Lasciatemi piangere, comare Sidora! Avrei fatto meglio a morir io stesso, in scambio della buon'anima.

- State zitto, ché non sapete quello che dite! e non sapete cosa vuol dire una casa senza capo.

- Questo è vero! - osservò compare Meno, riconfortato.

- Guardate piuttosto la povera comare Angela! Prima le è morto il marito, poi il figliuolo grande, e adesso le muore anche l'asino!

- L'asino andrebbe salassato dalla cinghiaia, se ha la doglia, - disse compare Meno.

- Veniteci voi, che ve ne intendete - aggiunse la vicina. - Farete un'opera di carità per l'anima di vostra moglie -.

Compare Meno si alzò per andare da comare Angela, e l'orfanella gli correva dietro come un pulcino, adesso che non aveva altri al mondo. Comare Sidora, buona massaia, gli rammentò:

- E la casa? come la lasciate, ora che non ci è più nessuno?

- Ho chiuso a chiave; e poi lì di faccia ci sta la cugina Alfia, per tenerla d'occhio -.

L'asino della vicina Angela era disteso in mezzo al cortile col muso freddo e le orecchie pendenti, annaspando di tanto in tanto colle quattro zampe in aria, allorché la doglia gli contraeva i fianchi come un mantice. La vedova, seduta lì davanti, sui sassi, colle mani fra i capelli grigi, e gli occhi asciutti e disperati, stava a guardare, pallida come una morta.

Compare Meno si diede a girare intorno alla bestia, toccandole le orecchie, guardandola negli occhi spenti, e come vide che il sangue gli colava ancora dalla cinghiaia, nero, a goccia a goccia, aggrumandosi in cima ai peli irsuti, domandò:

- L'hanno anche salassato? -

La vedova gli fissò in volto gli occhi foschi, senza parlare, e disse di sì col capo.

- Allora non c'è più che fare, - conchiuse compare Meno; e stette a guardare l'asino che si allungava sui sassi, rigido, col pelo tutto arruffato al pari di un gatto morto.

- È la volontà di Dio, sorella mia! - le disse per confortarla. - Siamo rovinati tutti e due -.

Egli s'era messo a sedere sui sassi, accanto alla vedova, colla figliuoletta fra le ginocchia, e rimasero entrambi a guardare la povera bestia che batteva l'aria colle zampe, di tanto in tanto, tale e quale come un moribondo.

Comare Sidora, quand'ebbe finito di sfornare il pane, venne nel cortile anche lei colla cugina Alfia, che si era messa la veste nuova, e il fazzoletto di seta in testa, per far quattro chiacchiere; e disse a compare Meno, tirandolo in disparte:

- Curatolo Nino, non ve la darà più l'altra figliuola, ora che con voi gli muoiono come le mosche, e ci perde la dote. Poi la Santa è troppo giovane, e ci sarebbe il pericolo che vi riempisse la casa di figliuoli.

- Se fossero maschi pazienza! Ma c'è anche a temere che vengano delle femmine. Sono tanto disgraziato!

- Ci sarebbe la cugina Alfia. Quella non è più giovane, ed ha il fatto suo: la casa e un pezzo di vigna -.

Compare Meno mise gli occhi sulla cugina Alfia, la quale fingeva di guardare l'asino, colle mani sul ventre, e conchiuse:

- Se è così, se ne potrà parlare. Ma sono tanto disgraziato! -

Comare Sidora gli diede sulla voce:

- Pensate a coloro che sono più disgraziati di voi, pensate!

- Non ce ne sono, ve lo dico io! Non la trovo un'altra moglie come quella! Non potrò scordarmela mai più, se torno a maritarmi dieci volte! E neppure questa povera orfanella se la scorderà.

- Calmatevi, ché ve la scorderete. E anche la bambina se la scorderà. Non se l'è scordata la sua madre vera? Guardate invece la vicina Angela, ora che le muore l'asino! e non possiede altro! Quella sì che dovrà pensarci sempre! -

La cugina Alfia vide che era tempo d'accostarsi anche lei, colla faccia lunga, e ricominciò le lodi della morta. Ella l'aveva acconciata colle sue mani nella bara, e le aveva messo sul viso un fazzoletto di tela fine. Di roba bianca, non faceva per dire, ne aveva molta. Allora compare Meno, intenerito, si volse alla vicina Angela, la quale non si muoveva, come fosse di sasso.

- Ora che ci aspettate a fare scuoiare l'asino? Almeno pigliate i denari della pelle -.

LA ROBA

Il viandante che andava lungo il Biviere di Lentini, steso là come un pezzo di mare morto, e le stoppie riarse della Piana di Catania, e gli aranci sempre verdi di Francofonte, e i sugheri grigi di Resecone, e i pascoli deserti di Passaneto e di Passanitello, se domandava, per ingannare la noia della lunga strada polverosa, sotto il cielo fosco dal caldo, nell'ora in cui i campanelli della lettiga suonano tristamente nell'immensa campagna, e i muli lasciano ciondolare il capo e la coda, e il lettighiere canta la sua canzone malinconica per non lasciarsi vincere dal sonno della malaria: - Qui di chi è? - sentiva rispondersi: - Di Mazzarò -. E passando vicino a una fattoria grande quanto un paese, coi magazzini che sembrano chiese, e le galline a stormi accoccolate all'ombra del pozzo, e le donne che si mettevano la mano sugli occhi per vedere chi passava: - E qui? - Di Mazzarò -. E cammina e cammina, mentre la malaria vi pesava sugli occhi, e vi scuoteva all'improvviso l'abbaiare di un cane, passando per una vigna che non finiva più, e si allargava sul colle e sul piano, immobile, come gli pesasse addosso la polvere, e il guardiano sdraiato bocconi sullo schioppo, accanto al vallone, levava il capo sonnacchioso, e apriva un occhio per vedere chi fosse: - Di Mazzarò -. Poi veniva un uliveto folto come un bosco, dove l'erba non spuntava mai, e la raccolta durava fino a marzo. Erano gli ulivi di Mazzarò. E verso sera, allorché il sole tramontava rosso come il fuoco, e la campagna si velava di tristezza, si incontravano le lunghe file degli aratri di Mazzarò che tornavano adagio adagio dal maggese, e i buoi che passavano il guado lentamente, col muso nell'acqua scura; e si vedevano nei pascoli lontani della Canziria, sulla pendice brulla, le immense macchie biancastre delle mandre di Mazzarò; e si udiva il fischio del pastore echeggiare nelle gole, e il campanaccio che risuonava ora sì ed ora no, e il canto solitario perduto nella valle. - Tutta roba di Mazzarò. Pareva che fosse di Mazzarò perfino il sole che tramontava, e le cicale che ronzavano, e gli uccelli che andavano a rannicchiarsi col volo breve dietro le zolle, e il sibilo dell'assiolo nel bosco. Pareva che Mazzarò fosse disteso tutto grande per quanto era grande la terra, e che gli si camminasse sulla pancia. - Invece egli era un omiciattolo, diceva il lettighiere, che non gli avreste dato un baiocco, a vederlo; e di grasso non aveva altro che la pancia, e non si sapeva come facesse a riempirla, perché non mangiava altro che due soldi di pane; e sì ch'era ricco come un maiale; ma aveva la testa ch'era un brillante, quell'uomo.

Infatti, colla testa come un brillante, aveva accumulato tutta quella roba, dove prima veniva da mattina a sera a zappare, a potare, a mietere; col sole, coll'acqua, col vento; senza scarpe ai piedi, e senza uno straccio di cappotto; che tutti si rammentavano di avergli dato dei calci nel di dietro, quelli che ora gli davano dell'*eccellenza*, e gli parlavano col berretto in mano. Né per questo egli era montato in superbia, adesso che tutte le eccellenze del paese erano suoi debitori; e diceva che eccellenza vuol dire povero diavolo e cattivo pagatore; ma egli portava ancora il berretto, soltanto lo portava di seta nera, era la sua sola grandezza, e da ultimo era anche arrivato a mettere il cappello di feltro, perché costava meno del berretto di seta. Della roba ne possedeva fin dove arrivava la vista, ed egli aveva la vista lunga - dappertutto, a destra e a sinistra, davanti e di dietro, nel monte e nella pianura. Più di cinquemila bocche, senza contare gli uccelli del cielo e gli animali della terra, che mangiavano sulla sua terra, e senza contare la sua bocca la quale mangiava meno di tutte, e si contentava di due soldi di pane e un pezzo di formaggio, ingozzato in fretta e in furia, all'impiedi, in un cantuccio del magazzino grande come una chiesa, in mezzo alla polvere del grano, che non ci si vedeva, mentre i contadini scaricavano i sacchi, o a ridosso di un pagliaio, quando il vento spazzava la campagna gelata, al tempo del seminare, o colla testa dentro un corbello, nelle calde giornate della mèsse. Egli non beveva vino, non fumava, non usava tabacco, e sì che del tabacco ne producevano i suoi orti lungo il fiume, colle foglie larghe ed alte come un fanciullo, di quelle che si vendevano a 95 lire. Non aveva il vizio del giuoco, né quello delle donne. Di donne non aveva mai avuto sulle spalle che sua madre, la quale gli era costata anche 12 tarì, quando aveva dovuto farla portare al camposanto.

Era che ci aveva pensato e ripensato tanto a quel che vuol dire la roba, quando andava senza scarpe a lavorare nella terra che adesso era sua, ed aveva provato quel che ci vuole a fare i tre tarì della giornata, nel mese di luglio, a star colla schiena curva 14 ore, col soprastante a cavallo dietro, che vi piglia a nerbate se fate di rizzarvi un momento. Per questo non aveva lasciato passare un minuto della sua vita che non fosse stato impiegato a fare della roba; e adesso i suoi aratri erano numerosi come le lunghe file dei corvi che arrivavano in novembre; e altre file di muli, che non finivano più, portavano le sementi; le donne che stavano accoccolate nel fango, da ottobre a marzo, per raccogliere le sue olive, non si potevano contare, come non si possono contare le gazze che vengono a rubarle; e al tempo della vendemmia accorrevano dei villaggi interi alle sue vigne, e fin dove sentivasi cantare, nella campagna, era per la vendemmia di Mazzarò. Alla mèsse poi i mietitori di Mazzarò sembravano un esercito di soldati, che per mantenere tutta quella gente, col biscotto alla mattina e il pane e l'arancia amara a colazione, e la merenda, e le lasagne alla sera, ci volevano dei denari a manate, e le lasagne si scodellavano nelle madie larghe come tinozze. Perciò adesso, quando andava a cavallo dietro la fila dei suoi mietitori, col nerbo in mano, non ne perdeva d'occhio uno solo, e badava a ripetere: - Curviamoci, ragazzi! - Egli era tutto l'anno colle mani in tasca a spendere, e per la sola fondiaria il re si pigliava tanto che a Mazzarò gli veniva la febbre, ogni volta.

Però ciascun anno tutti quei magazzini grandi come chiese si riempivano di grano che bisognava scoperchiare il tetto per farcelo capire tutto; e ogni volta che Mazzarò vendeva il vino, ci voleva più di un giorno per contare il denaro, tutto di 12 tarì d'argento, ché lui non ne voleva di carta sudicia per la sua roba, e andava a comprare la carta sudicia soltanto quando aveva da pagare il re, o gli altri; e alle fiere gli armenti di Mazzarò coprivano tutto il campo, e ingombravano le strade, che ci voleva mezza giornata per lasciarli sfilare, e il santo, colla banda, alle volte dovevano mutar strada, e cedere il passo.

Tutta quella roba se l'era fatta lui, colle sue mani e colla sua testa, col non dormire la notte, col prendere la febbre dal batticuore o dalla malaria, coll'affaticarsi dall'alba a sera, e andare in giro, sotto il sole e sotto la pioggia, col logorare i suoi stivali e le sue mule - egli solo non si logorava, pensando alla sua roba, ch'era tutto quello ch'ei avesse al mondo; perché non aveva né figli, né nipoti, né parenti; non aveva altro che la sua roba. Quando uno è fatto così, vuol dire che è fatto per la roba.

Ed anche la roba era fatta per lui, che pareva ci avesse la calamita, perché la roba vuol stare con chi sa tenerla, e non la sciupa come quel barone che prima era stato il padrone di Mazzarò, e l'aveva raccolto per carità nudo e crudo ne' suoi campi, ed era stato il padrone di tutti quei prati, e di tutti quei boschi, e di tutte quelle vigne e tutti quegli armenti, che quando veniva nelle sue terre a cavallo coi campieri dietro, pareva il re, e gli preparavano anche l'alloggio e il pranzo, al minchione, sicché ognuno sapeva l'ora e il momento in cui doveva arrivare, e non si faceva sorprendere colle mani nel sacco. - Costui vuol essere rubato per forza! - diceva Mazzarò, e schiattava dalle risa quando il barone gli dava dei calci nel di dietro, e si fregava la schiena colle mani, borbottando: - Chi è minchione se ne stia a casa, - la roba non è di chi l'ha, ma di chi la sa fare -. Invece egli, dopo che ebbe fatta la sua roba, non mandava certo a dire se veniva a sorvegliare la messe, o la vendemmia, e quando, e come; ma capitava all'improvviso, a piedi o a cavallo alla mula, senza campieri, con un pezzo di pane in tasca; e dormiva accanto ai suoi covoni, cogli occhi aperti, e lo schioppo fra le gambe.

In tal modo a poco a poco Mazzarò divenne il padrone di tutta la roba del barone; e costui uscì prima dall'uliveto, e poi dalle vigne, e poi dai pascoli, e poi dalle fattorie e infine dal suo palazzo istesso, che non passava giorno che non firmasse delle carte bollate, e Mazzarò ci metteva sotto la sua brava croce. Al barone non era rimasto altro che lo scudo di pietra ch'era prima sul portone, ed era la sola cosa che non avesse voluto vendere, dicendo a Mazzarò: - Questo solo, di tutta la mia roba, non fa per te -. Ed era vero; Mazzarò non sapeva che farsene, e non l'avrebbe pagato due baiocchi. Il barone gli dava ancora del tu, ma non gli dava più calci nel di dietro.

- Questa è una bella cosa, d'avere la fortuna che ha Mazzarò! - diceva la gente; e non sapeva quel che ci era voluto ad acchiappare quella fortuna: quanti pensieri, quante fatiche, quante menzogne, quanti pericoli di andare in galera, e come quella testa che era un brillante avesse lavorato giorno e notte, meglio di una macina del mulino, per fare la roba; e se il proprietario di una chiusa limitrofa si ostinava a non cedergliela, e voleva prendere pel collo Mazzarò, dover trovare uno stratagemma per costringerlo a vendere, e farcelo cascare, malgrado la diffidenza contadinesca. Ei gli andava a vantare, per esempio, la fertilità di una tenuta la quale non produceva nemmeno lupini, e arrivava a fargliela credere una terra promessa, sinché il povero diavolo si lasciava indurre a prenderla in affitto, per specularci sopra, e ci perdeva poi il fitto, la casa e la chiusa, che Mazzarò se l'acchiappava - per un pezzo di pane. - E quante seccature Mazzarò doveva sopportare! - I mezzadri che venivano a lagnarsi delle malannate, i debitori che mandavano in processione le loro donne a strapparsi i capelli e picchiarsi il petto per scongiurarlo di non metterli in mezzo alla strada, col pigliarsi il mulo o l'asinello, che non avevano da mangiare.

- Lo vedete quel che mangio io? - rispondeva lui, - pane e cipolla! e sì che ho i magazzini pieni zeppi, e sono il padrone di tutta questa roba -. E se gli domandavano un pugno di fave, di tutta quella roba, ei diceva: - Che, vi pare che l'abbia rubata? Non sapete quanto costano per seminarle, e zapparle, e raccoglierle? - E se gli domandavano un soldo rispondeva che non l'aveva.

E non l'aveva davvero. Ché in tasca non teneva mai 12 tarì, tanti ce ne volevano per far fruttare tutta quella roba, e il denaro entrava ed usciva come un fiume dalla sua casa. Del resto a lui non gliene importava del denaro; diceva che non era roba, e appena metteva insieme una certa somma, comprava subito un pezzo di terra; perché voleva arrivare ad avere della terra quanta ne ha il re, ed esser meglio del re, ché il re non può ne venderla, né dire ch'è sua.

Di una cosa sola gli doleva, che cominciasse a farsi vecchio, e la terra doveva lasciarla là dov'era. Questa è una ingiustizia di Dio, che dopo di essersi logorata la vita ad acquistare della roba, quando arrivate ad averla, che ne vorreste ancora, dovete lasciarla! E stava delle ore seduto sul corbello, col mento nelle mani, a guardare le sue vigne che gli verdeggiavano sotto gli occhi, e i campi che ondeggiavano di spighe come un mare, e gli oliveti che velavano la montagna come una nebbia, e se un ragazzo seminudo gli passava dinanzi, curvo sotto il peso come un asino stanco, gli lanciava il suo bastone fra le gambe, per invidia, e borbottava: Guardate chi ha i giorni lunghi! costui che non ha niente! -

Sicché quando gli dissero che era tempo di lasciare la sua roba, per pensare all'anima, uscì nel cortile come un pazzo, barcollando, e andava ammazzando a colpi di bastone le sue anitre e i suoi tacchini, e strillava: - Roba mia, vientene con me! -

STORIA DELL'ASINO DI S. GIUSEPPE

L'avevano comperato alla fiera di Buccheri ch'era ancor puledro, e appena vedeva una ciuca, andava a frugarle le poppe; per questo si buscava testate e botte da orbi sul groppone, e avevano un bel gridargli: - Arriccà! -. Compare Neli, come lo vide vispo e cocciuto a quel modo, che si leccava il muso alle legnate, mettendoci su una scrollatina d'orecchie, disse: - Questo è il fatto mio -. E andò diritto al padrone, tenendo nella tasca la mano colle trentacinque lire.

- Il puledro è bello - diceva il padrone - e val più di trentacinque lire. Non ci badate se ha quel pelame bianco e nero come una gazza. Ora vi faccio vedere sua madre, che la teniamo lì nel boschetto perché il puledro ha sempre la testa alla poppa. Vedrete la bella bestia morella! che mi lavora meglio di una mula e mi ha fatti più figli che non abbia peli addosso. In coscienza mia! non so d'onde sia venuto quel mantello di gazza al puledro. Ma l'ossatura è buona, ve lo dico io! Già gli uomini non valgono pel mostaccio. Guardate che petto! e che pilastri di gambe! Guardate come tiene le orecchie! Un asino che tiene le orecchie ritte a quel modo lo potete mettere sotto il carro o sotto l'aratro come volete, e fargli portare quattro tumoli di farro meglio di un mulo, per la santa giornata che corre oggi! Sentite questa coda, che vi ci potete appendere voi con tutto il vostro parentado! -

Compare Neli lo sapeva meglio di lui; ma non era minchione per dir di sì, e stava sulla sua colla mano in tasca, alzando le spalle e arricciando il naso, mentre il padrone gli faceva girare il puledro dinanzi.

- Uhm! - borbottava compare Neli. - Con quel pelame lì, che par l'asino di san Giuseppe! Le bestie di quel colore sono tutte *vigliacche*, e quando passate a cavallo pel paese, la gente vi ride in faccia. Cosa devo regalarvi per l'asino di san Giuseppe? -

Il padrone allora gli voltò le spalle infuriato, gridando che se non conoscevano le bestie, o se non avevano denari per comprare, era meglio non venire alla fiera, e non far perdere il tempo ai cristiani, nella santa giornata che era.

Compare Neli lo lasciò a bestemmiare, e se ne andò con suo fratello, il quale lo tirava per la manica del giubbone, e gli diceva che se voleva buttare i denari per quella brutta bestia, l'avrebbe preso a pedate.

Però di sottecchi non perdevano di vista l'asino di san Giuseppe, e il suo padrone che fingeva di sbucciare delle fave verdi, colla fune della cavezza fra le gambe, mentre compare Neli andava girandolando fra le groppe dei muli e dei cavalli, e si fermava a guardare, e contrattava ora questa ed ora quella delle bestie migliori, senza aprire il pugno che teneva in tasca colle trentacinque lire, come se ci avesse avuto da comprare mezza fiera. Ma suo fratello gli diceva all'orecchio, accennandogli l'asino di san Giuseppe:

- Quello è il fatto nostro -.

La padrona dell'asino di tanto in tanto correva a vedere cosa s'era fatto, e al trovare suo marito colla cavezza in mani, gli diceva:

- Che non lo manda oggi la Madonna uno che compri il puledro? -

E il marito rispondeva ogni volta:

- Ancora niente! C'è stato uno a contrattare, e gli piaceva. Ma è ritirato allo spendere, e se n'è andato coi suoi denari. Vedi, quello là, colla berretta bianca, dietro il branco delle pecore. Però, sinora non ha comperato nulla, e vuol dire che tornerà -.

La donna avrebbe voluto mettersi a sedere su due sassi, là vicino al suo asino, per vedere se si vendeva. Ma il marito le disse:

- Vattene! Se vedono che aspetti, non conchiudono il negozio -.

Il puledro intanto badava a frugare col muso fra le gambe delle somare che passavano, massime che aveva fame, tanto che il padrone, appena apriva bocca per ragliare, lo faceva tacere a bastonate, perché non l'avevano voluto.

- È ancora là - diceva compare Neli all'orecchio del fratello, fingendo di tornare a passare per cercare quello dei ceci abbrustoliti. - Se aspettiamo sino all'avemaria, potremo averlo per cinque lire in meno del prezzo che abbiamo offerto -.

Il sole di maggio era caldo, sicché di tratto in tratto, in mezzo al vocìo e al brulichio della fiera, succedeva per tutto il campo un gran silenzio, come non ci fosse più nessuno; e allora la padrona dell'asino tornava a dire a suo marito:

- Non ti ostinare per cinque lire di più o di meno; che stasera non c'è da far la spesa; e poi sai che cinque lire il puledro se le mangia in un mese, se ci resta sulla pancia.

- Se non te ne vai - rispondeva suo marito - ti assesto una pedata di quelle buone! -

Così passavano le ore alla fiera; ma nessuno di coloro che passavano davanti all'asino di san Giuseppe si fermava a guardarlo; e sì che il padrone aveva scelto il posto più umile, accanto alle bestie di poco prezzo, onde non farlo sfigurare col suo pelame di gazza accanto alle belle mule baie ed ai cavalli lucenti! Ci voleva uno come compare Neli per andare a contrattare l'asino di san Giuseppe, che tutta la fiera si metteva a ridere al vederlo. Il puledro, dal tanto aspettare al sole, lasciava ciondolare il capo e le orecchie, e il suo padrone s'era messo a sedere tristamente sui sassi, colle mani penzoloni anch'esso fra le ginocchia e la cavezza nelle mani, guardando di qua e di là le ombre lunghe che cominciavano a fare nel piano, al sole che tramontava, le gambe di tutte quelle bestie che non avevano trovato un compratore.

Compare Neli allora e suo fratello, e un altro amico che aveva raccattato per la circostanza, vennero a passare di là, guardando in aria, che il padrone dell'asino torse il capo anche lui per non far vedere di star lì ad aspettarli; e l'amico di compare Neli disse così, stralunato, come l'idea fosse venuta a lui:

- O guarda l'asino di san Giuseppe! perché non comprate questo qui, compare Neli?

- L'ho contrattato stamattina; ma è troppo caro. Poi farei ridere la gente con quell'asino bianco e nero. Vedete che nessuno l'ha voluto fino adesso!

- È vero, ma il colore non fa nulla, per quello che vi serve -.

E domandò al padrone:

- Quanto vi dobbiamo regalare per l'asino di san Giuseppe? -

La padrona dell'asino di san Giuseppe, vedendo che si ripigliava il negozio, andava riaccostandosi quatta quatta, colle mani giunte sotto la mantellina.

- Non me ne parlate! - cominciò a gridare compare Neli, scappando per il piano. - Non me ne parlate che non ne voglio sentir parlare!

- Se non lo vuole, lasciatelo stare - rispose il padrone. - Se non lo piglia lui, lo piglierà un altro "Tristo chi non ha più nulla da vendere dopo la fiera!"

- Ed io voglio essere ascoltato, santo diavolone! - strillava l'amico. - Che non posso dire la mia bestialità anch'io! -

E correva ad afferrare compare Neli pel giubbone; poi tornava a parlare all'orecchio del padrone dell'asino, il quale voleva tornarsene a casa per forza coll'asinello, e gli buttava le braccia al collo, susurrandogli:

- Sentite! cinque lire più o meno, se non lo vendete oggi, un minchione come mio compare non lo trovate più da comprarvi la vostra bestia che non vale un sigaro -.

Ed abbracciava anche la padrona dell'asino, le parlava all'orecchio, per tirarla dalla sua. Ma ella si stringeva nelle spalle, e rispondeva col viso torvo:

- Sono affari del mio uomo. Io non c'entro. Ma se ve lo dà per meno di quaranta lire è un minchione, in coscienza! Ci costa di più a noi!

- Stamattina era pazzo ad offrire trentacinque lire! - ripicchiava compare Neli. - Vedete se ha trovato un altro compratore per quel prezzo? In tutta la fiera non c'è più che quattro montoni rognosi e l'asino di san Giuseppe. Adesso trenta lire, se le vuole!

- Pigliatele! - suggeriva piano al marito la padrona dell'asino colle lagrime agli occhi. - Stasera non abbiamo da fare la spesa, e a Turiddu gli è tornata la febbre; ci vuole il solfato.

- Santo diavolone! - strillava suo marito. - Se non te ne vai, ti faccio assaggiare la cavezza! - Trentadue e mezzo, via! - gridò infine l'amico, scuotendoli forte per il colletto. - Né voi, né io! Stavolta deve valere la mia parola, per i santi del paradiso! e non voglio neppure un bicchiere di vino! Vedete che il sole è tramontato? Cosa aspettate ancora tutt'e due? -

E strappò di mano al padrone la cavezza, mentre compare Neli, bestemmiando, tirava fuori dalla tasca il pugno colle trentacinque lire, e gliele dava senza guardarle, come gli strappassero il fegato. L'amico si tirò in disparte colla padrona dell'asino, a contare i denari su di un sasso, mentre il padrone dell'asino scappava per la fiera come un puledro, bestemmiando e dandosi dei pugni.

Ma poi si lasciò raggiungere dalla moglie, la quale adagio adagio andava contando di nuovo i denari nel fazzoletto, e domandò:

- Ci sono?

- Sì, ci son tutti; sia lodato san Gaetano! Ora vado dallo speziale.

- Li ho minchionati! Io glieli avrei dato anche per venti lire; gli asini di quel colore lì sono *vigliacchi* -.

E compare Neli, tirandosi dietro il ciuco per la scesa, diceva:

- Com'è vero Dio, glie l'ho rubato il puledro! Il colore non fa niente. Vedete che pilastri di gambe, compare? Questo vale quaranta lire ad occhi chiusi.

- Se non c'ero io - rispose l'amico - non ne facevate nulla. Qui ci ho ancora due lire e mezzo di vostro. E se volete, andremo a berle alla salute dell'asino -.

Adesso al puledro gli toccava di aver la salute per guadagnarsi le trentadue lire e cinquanta che era costato, e la paglia che si mangiava. Intanto badava a saltellare dietro a compare Neli, cercando di addentargli il giubbone per giuoco, quasi sapesse che era il giubbone del padrone nuovo, e non gliene importasse di lasciare per sempre la stalla dov'era stato al caldo, accanto alla madre, a fregarsi il muso sulla sponda della mangiatoia, o a fare a testate e a capriole col montone, e andare a stuzzicare il maiale nel suo cantuccio. E la padrona, che contava di nuovo i denari nel fazzoletto davanti al bancone dello speziale, non pensava nemmen lei che aveva visto nascere il puledro, tutto bianco e nero colla pelle lucida come seta, che non si reggeva ancora sulle gambe, e stava accovacciato al sole nel cortile, e tutta l'erba con cui s'era fatto grande e grosso le era passata per le mani. La sola che si rammentasse del puledro era la ciuca, che allungava il collo ragliando verso l'uscio della stalla; ma quando non ebbe più le poppe gonfie di latte, si scordò del puledro anch'essa.

- Ora questo qui - diceva compare Neli - vedrete che mi porta quattro tumoli di farro meglio di un mulo. E alla messe lo metto a trebbiare -.

Alla trebbiatura il puledro, legato in fila per il collo colle altre bestie, muli vecchi e cavalli sciancati, trotterellava sui covoni da mattina a sera, tanto che si riduceva stanco e senza voglia di abboccare nel mucchio della paglia, dove lo mettevano a riposare all'ombra, come si levava il venticello, mentre i contadini spagliavano, gridando: - Viva *Maria*! -

Allora lasciava cascare il muso e le orecchie ciondoloni, come un asino fatto, coll'occhio spento, quasi fosse stanco di guardare quella vasta campagna bianca la quale fumava qua e là della polvere delle aie, e pareva non fosse fatta per altro che per lasciar morire di sete e far trottare sui covoni. Alla sera tornava al villaggio colle bisacce piene, e il ragazzo del padrone seguitava a pungerlo nel garrese, lungo le siepi del sentiero che parevano vive dal cinguettìo delle cingallegre e dall'odor di nepitella e di ramerino, e l'asino avrebbe voluto darci una boccata, se non l'avessero fatto trottare sempre, tanto che gli calò il sangue alle gambe, e dovettero portarlo dal maniscalco; ma il padrone non gliene importava nulla, perché la raccolta era stata buona, e il puledro si era buscate le sue trentadue lire e cinquanta. Il padrone diceva: - Ora il lavoro l'ha fatto, e se lo vendo anche per venti lire, ci ho sempre il mio guadagno -.

Il solo che volesse bene al puledro era il ragazzo che lo faceva trotterellare pel sentiero, quando tornavano dall'aia; e piangeva mentre il maniscalco gli bruciava le gambe coi ferri roventi, che il puledro si contorceva, colla coda in aria, e le orecchie ritte come quando scorazzava pel campo della fiera, e tentava divincolarsi dalla fune attorcigliata che gli stringeva il labbro, e stralunava gli occhi dallo spasimo quasi avesse il giudizio, quando il garzone del maniscalco veniva a cambiare i ferri rossi qual fuoco, e la pelle fumava e friggeva come il pesce nella padella. Ma compare Neli gridava al suo ragazzo: - Bestia! perché piangi? Ora il suo lavoro l'ha fatto, e giacché la raccolta è andata bene lo venderemo e compreremo un mulo, che è meglio -.

I ragazzi certe cose non le capiscono, e dopo che vendettero il puledro a massaro Cirino il Licodiano, il figlio di compare Neli andava a fargli visita nella stalla e ad accarezzarlo nel muso e sul collo, ché l'asino si voltava a fiutarlo come se gli fosse rimasto attaccato il cuore a lui, mentre gli asini son fatti per essere legati dove vuole il padrone, e mutano di sorte come cambiano di stalla. Massaro Cirino il Licodiano aveva comprato l'asino di san Giuseppe per poco, giacché aveva ancora la cicatrice al pasturale, che la moglie di compare Neli, quando vedeva passare l'asino col padrone nuovo, diceva: - Quello era la nostra sorte; quel pelame bianco e nero porta allegria nell'aia; e adesso le annate vanno di male in peggio, talché abbiamo venduto anche il mulo -.

Massaro Cirino aveva aggiogato l'asino all'aratro, colla cavalla vecchia che ci andava come una pietra d'anello, e tirava via il suo bravo solco tutto il giorno per miglia e miglia, dacché le lodole cominciano a trillare nel cielo bianco dell'alba, sino a quando i pettirossi correvano a rannicchiarsi dietro gli sterpi nudi che tremavano di freddo, col volo breve e il sibilo malinconico, nella nebbia che montava come un mare. Soltanto, siccome l'asino era più piccolo della cavalla, ci avevano messo un cuscinetto di strame sul basto, sotto il giogo, e stentava di più a strappare le zolle indurite dal gelo, a furia di spallate: - Questo mi risparmia la cavalla che è vecchia, - diceva massaro Cirino. - Ha il cuore grande come la Piana di Catania, quell'asino di san Giuseppe! e non si direbbe -.

E diceva pure a sua moglie, la quale veniva dietro raggomitolata nella mantellina, a spargere la semente con parsimonia:

- Se gli accadesse una disgrazia, mai sia! siamo rovinati, coll'annata che si prepara -.

La donna guardava l'annata che si preparava, nel campicello sassoso e desolato, dove la terra era bianca e screpolata, da tanto che non ci pioveva, e l'acqua veniva tutta in nebbia, di quella che si mangia la semente; e quando fu l'ora di zappare il seminato pareva la barba del diavolo, tanto era rado e giallo, come se l'avessero bruciato coi fiammiferi. - Malgrado quel maggese che ci avevo preparato! piagnucolava massaro Cirino strappandosi di dosso il giubbone. - Che quell'asino ci ha rimesso la pelle come un mulo! Quello è l'asino della malannata! -

La sua donna aveva un gruppo alla gola dinanzi al seminato arso, e rispondeva coi goccioloni che le venivano giù dagli occhi:

- L'asino non fa nulla. A compare Neli ha portato la buon'annata. Ma noi siamo sfortunati -.

Così l'asino di san Giuseppe cambiò di padrone un'altra volta, come massaro Cirino se ne tornò colla falce in spalla dal seminato, che non ci fu bisogno di mieterlo quell'anno, malgrado ci avessero messo le immagini dei santi infilate alle cannucce, e avessero speso due tarì per farlo benedire dal prete. - Il diavolo ci vuole! - andava bestemmiando massaro Cirino di faccia a quelle spighe tutte ritte come pennacchi, che non ne voleva neppur l'asino; e sputava in aria verso quel cielo turchino senza una goccia d'acqua. Allora compare Luciano il carrettiere, incontrando massaro Cirino il quale si tirava dietro l'asino colle bisacce vuote, gli chiese:

- Cosa volete che vi regali per l'asino di san Giuseppe?

- Datemi quel che volete. Maledetto sia lui e il santo che l'ha fatto! - rispose massaro Cirino. - Ora non abbiamo più pane da mangiare, né orzo da dare alle bestie.

- Io vi do quindici lire perché siete rovinato; ma l'asino non val tanto, che non tira avanti ancora più di sei mesi. Vedete com'è ridotto?

- Avreste potuto chieder di più! - si mise a brontolare la moglie di massaro Cirino dopo che il negozio fu conchiuso. - A compare Luciano gli è morta la mula, e non ha denari da comprarne un'altra. Adesso se non comprava quell'asino di san Giuseppe, non sapeva che farne del suo carro e degli arnesi; e vedrete che quell'asino sarà la sua ricchezza! -

L'asino imparò anche a tirare il carro, che era troppo alto di stanghe per lui, e gli pesava tutto sulle spalle, sicché non avrebbe durato nemmeno sei mesi, arrancando per le salite, che ci volevano le legnate di compare Luciano per mettergli un po' di fiato in corpo; e quando andava per la discesa era peggio, perché tutto il carico gli cascava addosso, e lo spingeva in modo che doveva far forza colla schiena in arco, e con quelle povere gambe rose dal fuoco, che la gente vedendolo si metteva a ridere, e quando cascava ci volevano tutti gli angeli del paradiso a farlo rialzare. Ma compare Luciano sapeva che gli portava tre quintali di roba meglio di un mulo, e il carico glielo pagavano a cinque tarì il quintale. - Ogni giorno che campa l'asino di san Giuseppe son quindici tarì guadagnati, - diceva, - e quanto a mangiare mi costa meno d'un mulo -. Alle volte la gente che saliva a piedi lemme lemme dietro il carro, vedendo quella povera bestia che puntava le zampe senza forza, e inarcava la schiena, col fiato spesso e l'occhio scoraggiato, suggeriva: - Metteteci un sasso sotto le ruote, e lasciategli ripigliar lena a quella povera bestia -. Ma compare Luciano rispondeva: - Se lo lascio fare, quindici tarì al giorno non li guadagno. Col suo cuoio devo rifare il mio. Quando non ne potrà più del tutto lo venderò a quello del gesso, che la bestia è buona e fa per lui; e non è mica vero che gli asini di san Giuseppe sieno *vigliacchi*. Gliel'ho preso per un pezzo di pane a massaro Cirino, ora che è impoverito -.

In tal modo l'asino di san Giuseppe capitò in mano di quello del gesso, il quale ne aveva una ventina di asini, tutti macilenti e moribondi, che gli portavano i suoi saccarelli di gesso, e campavano di quelle boccate di erbacce che potevano strappare lungo il cammino. Quello del gesso non lo voleva perché era tutto coperto di cicatrici peggio delle altre sue bestie, colle gambe solcate dal fuoco, e le spalle logorate dal pettorale, e il garrese roso dal basto dell'aratro, e i ginocchi rotti dalle cadute, e poi quel pelame bianco e nero gli pareva che non dicesse in mezzo alle altre sue bestie morelle: - Questo non fa niente, - rispose compare Luciano. - Anzi servirà a riconoscere i vostri asini da lontano -. E ribassò ancora due tarì sulle sette lire che aveva domandato, per conchiudere il negozio. Ma l'asino di san Giuseppe non l'avrebbe riconosciuto più nemmeno la padrona che l'aveva visto nascere, tanto era mutato, quando andava col muso a terra e le orecchie a paracqua sotto i saccarelli del gesso, torcendo il groppone alle legnate del ragazzo che guidava il branco. Pure anche la padrona stessa era mutata a quell'ora, colla malannata che c'era stata, e la fame che aveva avuta, e le febbri che avevano preso tutti alla pianura, lei, suo marito e il suo Turiddu, senza danari per comprare il solfato, ché gli asini di san Giuseppe non se ne hanno da vendere tutti i giorni, nemmeno per trentacinque lire.

L'inverno, che il lavoro era più scarso, e la legna da far cuocere il gesso più rara e lontana, e i sentieri gelati non avevano una foglia nelle siepi, o una boccata di stoppia lungo il fossatello gelato, la vita era più dura per quelle povere bestie; e il padrone lo sapeva che l'inverno se ne mangiava la metà; sicché soleva comperarne una buona provvista in primavera. La notte il branco restava allo scoperto, accanto alla fornace, e le bestie si facevano schermo stringendosi fra di loro. Ma quelle stelle che luccicavano come spade li passavano da parte a parte, malgrado il loro cuoio duro, e tutti quei guidaleschi rabbrividivano e tremavano al freddo come avessero la parola.

Pure c'è tanti cristiani che non stanno meglio, e non hanno nemmeno quel cencio di tabarro nel quale il ragazzo che custodiva il branco dormiva raggomitolato davanti la fornace. Lì vicino abitava una povera vedova, in un casolare più sgangherato della fornace del gesso, dove le stelle penetravano dal tetto come spade, quasi fosse all'aperto, e il vento faceva svolazzare quei quattro cenci di coperta. Prima faceva la lavandaia, ma quello era un magro mestiere, ché la gente i suoi stracci se li lava da sé, quando li lava, ed ora che gli era cresciuto il suo ragazzo campava andando a vendere della legna al villaggio. Ma nessuno aveva conosciuto suo marito, e nessuno sapeva d'onde prendesse la legna che vendeva; lo sapeva il suo ragazzo che andava a racimolarla di qua e di là, a rischio di buscarsi una schioppettata dai campieri. - Se aveste un asino - gli diceva quello del gesso per vendere l'asino di san Giuseppe che non ne poteva più - potreste portare al villaggio dei fasci più grossi, ora che il vostro ragazzo è cresciuto -. La povera donna aveva qualche lira in un nodo del fazzoletto, e se la lasciò beccare da quello del gesso, perché si dice che "la roba vecchia muore in casa del pazzo".

Almeno così il povero asino di san Giuseppe visse meglio gli ultimi giorni; giacché la vedova lo teneva come un tesoro, in grazia di quei soldi che gli era costato, e gli andava a buscare della paglia e del fieno di notte, e lo teneva nel casolare accanto al letto, che scaldava come un focherello anche lui, e a questo mondo una mano lava l'altra. La donna spingendosi innanzi l'asino carico di legna come una montagna, che non gli si vedevano le orecchie, andava facendo dei castelli in aria; e il ragazzo sforacchiava le siepi e si avventurava nel limite del bosco per ammassare il carico, che madre e figlio credevano farsi ricchi a quel mestiere, tanto che finalmente il campiere del barone colse il ragazzo sul fatto a rubar frasche, e lo conciò per le feste dalle legnate. Il medico per curare il ragazzo si mangiò i soldi del fazzoletto, la provvista di legna, e tutto quello che c'era da vendere, e non era molto; sicché la madre una notte che il suo ragazzo farneticava dalla febbre, col viso acceso contro il muro, e non c'era un boccone di pane in casa, uscì fuori smaniando e parlando da sola come avesse la febbre anche lei, e andò a scavezzare un mandorlo lì vicino, che non pareva vero come ci fosse arrivata, e all'alba lo caricò sull'asino per andare a venderlo. Ma l'asino, dal peso, nella salita s'inginocchiò tale e quale l'asino di san Giuseppe davanti al Bambino Gesù, e non volle più alzarsi.

- Anime sante! - borbottava la donna - portatemelo voialtre quel carico di legna! -

E i passanti tiravano l'asino per la coda e gli mordevano gli orecchi per farlo rialzare.

- Non vedete che sta per morire? - disse infine un carrettiere; e così gli altri lo lasciarono in pace, ché l'asino aveva l'occhio di pesce morto, il muso freddo, e per la pelle gli correva un brivido.

La donna intanto pensava al suo ragazzo che farneticava, col viso rosso dalla febbre, e balbettava:

- Ora che faremo? Ora che faremo?

- Se volete venderlo con tutta la legna ve ne do cinque tarì - disse il carrettiere il quale aveva il carro scarico. E come la donna lo guardava cogli occhi stralunati, soggiunse. - Compro soltanto la legna, perché l'asino ecco cosa vale! - E diede una pedata sul carcame, che suonò come un tamburo sfondato.

PANE NERO

Appena chiuse gli occhi compare Nanni, e ci era ancora il prete colla stola, scoppiò subito la guerra tra i figliuoli, a chi toccasse pagare la spesa del mortorio, ché il reverendo lo mandarono via coll'aspersorio sotto l'ascella.

Perché la malattia di compare Nanni era stata lunga, di quelle che vi mangiano la carne addosso, e la roba della casa. Ogni volta che il medico spingeva il foglio di carta sul ginocchio, per scrivere la ricetta, compare Nanni gli guardava le mani con aria pietosa, e biascicava: - Almeno, vossignoria, scrivetela corta, per carità! - Il medico faceva il suo mestiere. Tutti a questo mondo fanno il loro mestiere. Massaro Nanni nel fare il proprio, aveva acchiappato quelle febbri lì, alla Lamia, terre benedette da Dio, che producevano seminati alti come un uomo. I vicini avevano un bel dirgli: - Compare Nanni, in quella mezzeria della Lamia voi ci lascierete la pelle! - Quasi fossi un barone - rispondeva lui - che può fare quello che gli pare e piace! -

I fratelli, che erano come le dita della stessa mano finché viveva il padre, ora dovevano pensare ciascuno ai casi propri. Santo aveva moglie e figliuoli sulle braccia; Lucia rimaneva senza dote, su di una strada; e Carmenio, se voleva mangiar del pane, bisognava che andasse a buscarselo fuori di casa, e trovarsi un padrone. La mamma poi, vecchia e malaticcia, non si sapeva a chi toccasse mantenerla, di tutti e tre che non avevano niente. L'è che è una bella cosa quando si può piangere i morti, senza pensare ad altro!

I buoi, le pecore, la provvista del granaio, se n'erano andati col padrone. Restava la casa nera, col letto vuoto, e le facce degli orfani scure anch'esse. Santo vi trasportò le sue robe, colla *Rossa*, e disse che pigliava con sé la mamma. - Così non pagava più la pigione della casa - dicevano gli altri. Carmenio fece il suo fagotto, e andò pastore da curatolo Vito, che aveva un pezzetto di pascolo al Carmeni; e Lucia, per non stare insieme alla cognata, minacciava che sarebbe andata a servizio piuttosto.

- No! - diceva Santo. - Non si dirà che mia sorella abbia a far la serva agli altri. - Ei vorrebbe che la facessi alla *Rossa*! - brontolava Lucia.

La quistione grossa era per questa cognata che s'era ficcata nella parentela come un chiodo. - Cosa posso farci, adesso che ce l'ho? - sospirava Santo stringendosi nelle spalle. - E' bisognava dar retta alla buona anima di mio padre, quand'era tempo! -

La buon'anima glielo aveva predicato: - Lascia star la Nena, che non ha dote, né tetto, né terra -.

Ma la Nena gli era sempre alle costole, al Castelluccio, se zappava, se mieteva, a raccogliergli le spighe, o a levargli colle mani i sassi di sotto ai piedi; e quando si riposava, alla porta del casamento, colle spalle al muro, nell'ora che sui campi moriva il sole, e taceva ogni cosa:

- Compare Santo, se Dio vuole, quest'anno non le avrete perse le vostre fatiche!

- Compare Santo, se il raccolto vi va bene, dovete prendere la chiusa grande, quella del piano; che ci son state le pecore, e riposa da due anni.

- Compare Santo, quest'inverno, se avrò tempo, voglio farvi un par di calzeroni che vi terranno caldo -.

Santo aveva conosciuta la Nena quando lavorava al Castelluccio, una ragazza dai capelli rossi, ch'era figlia del camparo, e nessuno la voleva. Essa, poveretta, per questo motivo faceva festa a ogni cane che passasse, e si levava il pan di bocca per regalare a compare Santo la berretta di seta nera, ogni anno a santa Agrippina, e per fargli trovare un fiasco di vino, o un pezzo di formaggio, allorché arrivava al Castelluccio. - Pigliate questo, per amor mio, compare Santo. È di quel che beve il padrone -. Oppure: - Ho pensato che l'altra settimana vi mancava il companatico -.

Egli non sapeva dir di no, e intascava ogni cosa. Tutt'al più per gentilezza rispondeva: - Così non va bene, comare Nena, levarvelo di bocca voi, per darlo a me.

- Io son più contenta se l'avete voi -.

Poi, ogni sabato sera, come Santo andava a casa, la buon'anima tornava a ripetere al figliuolo: - Lascia star la Nena, che non ha questo; lascia star la Nena, che non ha quest'altro.

- Io lo so che non ho nulla - diceva la Nena, seduta sul muricciuolo verso il sole che tramontava. - Io non ho né terra, né case; e quel po' di roba bianca ho dovuto levarmela di bocca col pane che mi mangio. Mio padre è un povero camparo, che vive alle spalle del padrone; e nessuno vorrà togliersi addosso il peso della moglie senza dote -.

Ella aveva però la nuca bianca, come l'hanno le rosse; e mentre teneva il capo chino, con tutti quei pensieri dentro, il sole le indorava dietro alle orecchie i capelli color d'oro, e le guance che ci avevano la peluria fine come le pesche; e Santo le guardava gli occhi celesti come il fiore del lino, e il petto che gli riempiva il busto, e faceva l'onda al par del seminato. - Non vi angustiate, comare Nena - gli diceva. - Mariti non ve ne mancheranno -.

Ella scrollava il capo per dir di no; e gli orecchini rossi che sembravano di corallo, gli accarezzavano le guance. - No, no, compare Santo. Lo so che non son bella, e che non mi vuol nessuno.

- Guardate! - disse lui a un tratto, ché gli veniva quell'idea. - Guardate come sono i pareri!... E' dicono che i capelli rossi sieno brutti, e invece ora che li avete voi non mi fanno specie -.

La buon'anima di suo padre, quando aveva visto Santo incapricciato della Nena che voleva sposarla, gli aveva detto una domenica:

- Tu la vuoi per forza, la *Rossa*? Di', la vuoi per forza? -

Santo, colle spalle al muro e le mani dietro la schiena, non osava levare il capo; ma accennava di sì, di sì, che senza la *Rossa* non sapeva come fare, e la volontà di Dio era quella.

- Ci hai a pensar tu, se ti senti di campare la moglie. Già sai che non posso darti nulla. Una cosa sola abbiamo a dirti, io e tua madre qui presente: pensaci prima di maritarti, che il pane è scarso, e i figliuoli vengono presto -.

La mamma, accoccolata sulla scranna, lo tirava pel giubbone, e gli diceva sottovoce colla faccia lunga: - Cerca d'innamorarti della vedova di massaro Mariano, che è ricca, e non avrà molte pretese, perché è accidentata.

- Sì! - brontolava Santo. - Sì, che la vedova di massaro Mariano si contenterà di un pezzente come me!... -

Compare Nanni confermò anche lui che la vedova di massaro Mariano cercava un marito ricco al par di lei, tuttoché fosse sciancata. E poi ci sarebbe stato l'altro guaio, di vedersi nascere i nipoti zoppi.

- Tu ci hai a pensare - ripeteva al suo ragazzo. - Pensa che il pane è scarso, e che i figliuoli vengono presto -.

Poi, il giorno di Santa Brigida, verso sera, Santo aveva incontrato a caso la *Rossa*, la quale coglieva asparagi lungo il sentiero, e arrossì al vederlo, quasi non lo sapesse che doveva passare di là nel tornare al paese, mentre lasciava ricadere il lembo della sottana che teneva rimboccata alla cintura per andar carponi in mezzo ai fichidindia. Il giovane la guardava, rosso in viso anche lui, e senza dir nulla. Infine si mise a ciarlare che aveva terminata la settimana, e se ne andava a casa. - Non avete a dirmi nulla pel paese, comare Nena? Comandate.

- Se andassi a vendere gli asparagi verrei con voi, e si farebbe la strada insieme - disse la *Rossa*. E come egli, ingrullito, rispondeva di sì col capo, di sì: ella aggiunse, col mento sul petto che faceva l'onda:

- Ma voi non mi vorreste, ché le donne sono impicci.

- Io vi porterei sulle braccia, comare Nena, vi porterei -.

Allora comare Nena si mise a masticare la cocca del fazzoletto rosso che aveva in testa. E compare Santo non sapeva che dire nemmen lui; e la guardava, e si passava le bisacce da una spalla all'altra, quasi non trovasse il verso. La nepitella e il ramerino facevano festa, e la costa del monte, lassù fra i fichidindia, era tutta rossa del tramonto. - Ora andatevene, - gli diceva Nena, - andatevene, che è tardi -. E poi si metteva ad ascoltare le cinciallegre che facevano gazzara. Ma Santo non si muoveva. - Andatevene, ché possono vederci, qui soli -.

Compare Santo, che stava per andarsene infine, tornò all'idea di prima, con un'altra spallata per assestare le bisacce, che egli l'avrebbe portata sulle braccia, l'avrebbe portata, se si faceva la strada insieme. E guardava comare Nena negli occhi che lo fuggivano e cercavano gli asparagi in mezzo ai sassi, e nel viso che era infuocato come se il tramonto vi battesse sopra.

- No, compare Santo, andatevene solo, che io sono una povera ragazza senza dote.

- Lasciamo fare alla Provvidenza, lasciamo fare... -

Ella diceva sempre di no, che non era per lui, stavolta col viso scuro ed imbronciato. Allora compare Santo scoraggiato si assettò la bisaccia sulle spalle e si mosse per andarsene a capo chino. La *Rossa* almeno voleva dargli gli asparagi che aveva colti per lui. Facevano una bella pietanza, se accettava di mangiarli per amor suo. E gli stendeva le due cocche del grembiale colmo. Santo le passò un braccio alla cintola, e la baciò sulla guancia, col cuore che gli squagliava.

In quella arrivò il babbo, e la ragazza scappò via spaventata. Il camparo aveva il fucile ad armacollo, e non sapeva che lo tenesse di far la festa a compare Santo, che gli giuocava quel tradimento.

- No! non ne faccio di queste cose! - rispondeva Santo colle mani in croce. - Vostra figlia voglio sposarla per davvero. Non per la paura del fucile; ma son figlio di un uomo dabbene, e la Provvidenza ci aiuterà perché non facciamo il male -.

Così la domenica appresso s'erano fatti gli sponsali, colla sposa vestita da festa, e suo padre il camparo cogli stivali nuovi, che ci si dondolava dentro come un'anitra domestica. Il vino e le fave tostate misero in allegria anche compare Nanni, sebbene avesse già addosso la malaria; e la mamma tirò fuori dalla cassapanca un rotolo di filato che teneva da parte per la dote di Lucia, la quale aveva già diciott'anni, e prima d'andare alla messa ogni domenica, si strigliava per mezz'ora, specchiandosi nell'acqua del catino.

Santo, colla punta delle dieci dita ficcate nelle tasche del giubbone, gongolava, guardando i capelli rossi della sposa, il filato, e tutta l'allegria che ci era per lui quella domenica. Il camparo, col naso rosso, saltellava dentro gli stivaloni, e voleva baciare tutti quanti ad uno ad uno.

- A me no! - diceva Lucia, imbronciata pel filato che le portavano via. - Questa non è acqua per la mia bocca -. Essa restava in un cantuccio, con tanto di muso, quasi sapesse già quel che le toccava quando avrebbe chiuso gli occhi il genitore.

Ora infatti le toccava cuocere il pane e scopar le stanze per la cognata, la quale come Dio faceva giorno andava al podere col marito, tuttoché fosse gravida un'altra volta, ché per riempir la casa di figliuoli era peggio di una gatta. Adesso ci volevano altro che i regalucci di Pasqua e di santa Agrippina, e le belle paroline che si scambiavano con compare Santo quando si vedevano al Castelluccio. Quel mariuolo del camparo aveva fatto il suo interesse a maritare la figliuola senza dote, e doveva pensarci compare Santo a mantenerla. Dacché aveva la Nena vedeva che gli mancava il pane per tutti e due, e dovevano tirarlo fuori dalla terra di Licciardo, col sudore della loro fronte.

Mentre andavano a Licciardo, colle bisacce in ispalla, asciugandosi il sudore colla manica della camicia, avevano sempre nella testa e dinanzi agli occhi il seminato, ché non vedevano altro fra i sassi della viottola. Gli era come il pensiero di un malato che vi sta sempre grave in cuore, quel seminato; prima giallo, ammelmato dal gran piovere; poi, quando ricominciava a pigliar fiato, le erbacce, che Nena ci si era ridotte le due mani una pietà per strapparle ad una ad una, bocconi, con tanto di pancia, tirando la gonnella sui ginocchi, onde non far danno. E non sentiva il peso della gravidanza, né il dolore delle reni, come se ad ogni filo verde che liberava dalle erbacce, facesse un figliuolo. E quando si accoccolava infine sul ciglione, col fiato ai denti, cacciandosi colle due mani i capelli dietro le orecchie, le sembrava di vedere le spighe alte nel giugno, curvandosi ad onda pel venticello l'una sull'altra; e facevano i conti col marito, nel tempo che egli slacciava i calzeroni fradici, e nettava la zappa sull'erba del ciglione. - Tanta era stata la semente; tanto avrebbe dato se la spiga veniva a 12, o a 10, od anche a 7; il gambo non era robusto ma il seminato era fitto. Bastava che il marzo non fosse troppo asciutto, e che piovesse soltanto quando bisognava. Santa Agrippina benedetta doveva pensarci lei! - Il cielo era netto, e il sole indugiava, color d'oro, sui prati verdi, dal ponente tutto in fuoco, d'onde le lodole calavano cantando sulle zolle, come punti neri. La primavera cominciava a spuntare dappertutto, nelle siepi di fichidindia, nelle macchie della viottola, fra i sassi, sul tetto dei casolari, verde come la speranza; e Santo, camminando pesantemente dietro la sua compagna, curva sotto il sacco dello strame per le bestie, e con tanto di pancia, sentivasi il cuore gonfio di tenerezza per la poveretta, e le andava chiacchierando, colla voce rotta dalla salita, di quel che si avrebbe fatto, se il Signore benediceva i seminati fino all'ultimo. Ora non avevano più a discorrere dei capelli rossi, s'erano belli o brutti, e di altre sciocchezze. E quando il maggio traditore venne a rubare tutte le fatiche e le speranze dell'annata, colle sue nebbie, marito e moglie, seduti un'altra volta sul ciglione a guardare il campo che ingialliva a vista d'occhio, come un malato che se ne va all'altro mondo, non dicevano una parola sola, coi gomiti sui ginocchi, e gli occhi impietriti nella faccia pallida.

- Questo è il castigo di Dio! - borbottava Santo. - La buon'anima di mio padre me l'aveva detto! -

E nella casuccia del povero penetrava il malumore della stradicciuola nera e fangosa. Marito e moglie si voltavano le spalle ingrugnati, litigavano ogni volta che la *Rossa* domandava i danari per la spesa, e se il marito tornava a casa tardi, o se non c'era legna per l'inverno, o se la moglie diventava lenta e pigra per la gravidanza: musi lunghi, parolacce ed anche busse. Santo agguantava la Nena pei capelli rossi, e lei gli piantava le unghie sulla faccia; accorrevano i vicini, e la *Rossa* strillava che quello scomunicato voleva farla abortire, e non si curava di mandare un'anima al limbo. Poi, quando Nena partorì, fecero la pace, e compare Santo andava portando sulle braccia la bambina, come se avesse fatto una principessa, e correva a mostrarla ai parenti e agli amici, dalla contentezza. Alla moglie, sinché rimase in letto, le preparava il brodo, le scopava la casa, le mondava il riso, e le si piantava anche ritto dinanzi, acciò non le mancasse nulla. Poi si affacciava sulla porta colla bimba in collo, come una balia; e chi gli domandava, nel passare, rispondeva: - Femmina! compare mio. La disgrazia mi perseguita sin qui, e mi è nata una femmina. Mia moglie non sa far altro -.

La *Rossa* quando si pigliava le busse dal marito, sfogavasi colla cognata, che non faceva nulla per aiutare in casa; e Lucia rimbeccava che senza aver marito gli erano toccati i guai dei figliuoli altrui. La suocera, poveretta, cercava di metter pace in quei litigi, e ripeteva:

- La colpa è mia che non son più buona a nulla. Io vi mangio il pane a tradimento -.

Ella non era più buona che a sentire tutti quei guai, e a covarseli dentro di sé: le angustie di Santo, i piagnistei di sua moglie, il pensiero dell'altro figlio lontano, che le stava fitto in cuore come un chiodo, il malumore di Lucia, la quale non aveva uno straccio di vestito per la festa, e non vedeva passare un cane sotto la sua finestra. La domenica, se la chiamavano nel crocchio delle comari che chiacchieravano all'ombra, rispondeva, alzando le spalle:

- Cosa volete che ci venga a fare! Per far vedere il vestito di seta che non ho? -

Nel crocchio delle vicine ci veniva pure qualche volta Pino il Tomo, quello delle rane, che non apriva bocca e stava ad ascoltare colle spalle al muro e le mani in tasca, sputacchiando di qua e di là. Nessuno sapeva cosa ci stesse a fare; ma quando s'affacciava all'uscio comare Lucia, Pino la guardava di soppiatto, fingendo di voltarsi per sputacchiare. La sera poi, come gli usci erano tutti chiusi, s'arrischiava sino a cantarle le canzonette dietro la porta, facendosi il basso da sé - huum! huum! huum! - Alle volte i giovinastri che tornavano a casa tardi, lo conoscevano alla voce, e gli rifacevano il verso della rana, per canzonarlo.

Lucia intanto fingeva di darsi da fare per la casa, colla testa bassa e lontana dal lume, onde non la vedessero in faccia. Ma se la cognata brontolava: - Ora comincia la musica! - si voltava come una vipera a rimbeccare:

- Anche la musica vi dà noia? Già in questa galera non ce ne deve essere né per gli occhi né per le orecchie! -

La mamma che vedeva tutto, e ascoltava anch'essa, guardando la figliuola, diceva che a lei invece quella musica gli metteva allegria dentro. Lucia fingeva di non saper nulla. Però ogni giorno nell'ora in cui passava quello delle rane, non mancava mai di affacciarsi all'uscio, col fuso in mano. Il Tomo appena tornava dal fiume, gira e rigira pel paese, era sempre in volta per quelle parti, colla sua cesta di rane in mano, strillando: - Pesci-cantanti! pesci-cantanti! - come se i poveretti di quelle straducce potessero comperare dei pesci-cantanti!

- E' devono essere buoni pei malati! - diceva la Lucia che si struggeva di mettersi a contrattare col Tomo. Ma la mamma non voleva che spendessero per lei.

Il Tomo, vedendo che Lucia lo guardava di soppiatto, col mento sul seno, rallentava il passo dinanzi all'uscio, e la domenica si faceva animo ad accostarsi un poco più, sino a mettersi a sedere sullo scalino del ballatoio accanto, colle mani penzoloni fra le cosce; e raccontava nel crocchio come si facesse a pescare le rane, che ci voleva una malizia del diavolo. Egli era malizioso peggio di un asino rosso, Pino il Tomo, e aspettava che le comari se ne andassero per dire alla gnà Lucia: - E' ci vuol la pioggia pei seminati! - oppure: - Le olive saranno scarse quest'anno.

- A voi cosa ve ne importa? che campate sulle rane - gli diceva Lucia.

- Sentite, sorella mia; siamo tutti come le dita della mano; e come gli embrici, che uno dà acqua all'altro. Se non si raccoglie né grano, né olio, non entrano denari in paese, e nessuno mi compra le mie rane. Vi capacita? -

Alla ragazza quel "sorella mia" le scendeva al cuore dolce come il miele, e ci ripensava tutta la sera, mentre filava zitta accanto al lume; e ci mulinava, ci mulinava sopra, come il fuso che frullava.

La mamma, sembrava che glielo leggesse nel fuso, e come da un par di settimane non si udivano più ariette alla sera, né si vedeva passare quello che vendeva le rane, diceva colla nuora: - Com'è tristo l'inverno! Ora non si sente più un'anima pel vicinato -.

Adesso bisognava tener l'uscio chiuso, pel freddo, e dallo sportello non si vedeva altro che la finestra di rimpetto, nera dalla pioggia, o qualche vicino che tornava a casa, sotto il cappotto fradicio. Ma Pino il Tomo non si faceva più vivo, che se un povero malato aveva bisogno di un po' di brodo di rane, diceva la Lucia, non sapeva come fare.

- Sarà andato a buscarsi il pane in qualche altro modo - rispondeva la cognata. - Quello è un mestiere povero, di chi non sa far altro -.

Santo, che un sabato sera aveva inteso la chiacchiera, per amor della sorella, le faceva il predicozzo:

- A me non mi piace questa storia del Tomo. Bel partito che sarebbe per mia sorella! Uno che campa delle rane, e sta colle gambe in molle tutto il giorno! Tu devi cercarti un campagnuolo, ché se non ha roba, almeno è fatto della stessa pasta tua -.

Lucia stava zitta, a capo basso e colle ciglia aggrottate, e alle volte si mordeva le labbra per non spiattellare: - Dove lo trovo il campagnuolo? - Come se stesse a lei a trovare! Quello solo che aveva trovato, ora non si faceva più vivo, forse perché la *Rossa* gli aveva fatto qualche partaccia, invidiosa e pettegola com'era. Già Santo parlava sempre per dettato di sua moglie, la quale andava dicendo che quello delle rane era un fannullone, e certo era arrivata all'orecchio di compare Pino.

Perciò ad ogni momento scoppiava la guerra tra le due cognate:

- Qui la padrona, non son io! - brontolava Lucia. - In questa casa padrona è quella che ha saputo abbindolare mio fratello, e chiapparlo per marito.

- Se sapevo quel che veniva dopo, non l'abbindolavo, no, vostro fratello; ché se prima avevo bisogno di un pane, adesso ce ne vogliono cinque.

- A voi che ve ne importa se quello delle rane ha un mestiere o no? Quando fosse mio marito, ci avrebbe a pensar lui a mantenermi -.

La mamma, poveretta, si metteva di mezzo, colle buone; ma era donna di poche parole, e non sapeva far altro che correre dall'una all'altra, colle mani nei capelli, balbettando: - Per carità! per carità! - Ma le donne non le davano retta nemmeno, piantandosi le unghie sulla faccia, dopo che la *Rossa* si lasciò scappare una parolaccia "Arrabbiata!"

- Arrabbiata tu! che m'hai rubato il fratello! -

Allora sopravveniva Santo, e le picchiava tutte e due per metter pace, e la *Rossa*, piangendo, brontolava:

- Io dicevo per suo bene! ché quando una si marita senza roba, poi i guai vengono presto -.

E alla sorella che strillava e si strappava i capelli, Santo per rabbonirla tornava a dire:

- Cosa vuoi che ci faccia, ora ch'è mia moglie? Ma ti vuol bene e parla pel tuo meglio. Lo vedi che bel guadagno ci abbiamo fatto noi due a maritarci? -

Lucia si lagnava colla mamma.

- Io voglio farci il guadagno che ci han fatto loro! Piuttosto voglio andare a servire! Qui se si fa vedere un cristiano, ve lo scacciano via -. E pensava a quello delle rane che non si lasciava più vedere.

Dopo si venne a conoscere che era andato a stare colla vedova di massaro Mariano; anzi volevano maritarsi: perché è vero che non aveva un mestiere, ma era un pezzo di giovanotto fatto senza risparmio, e bello come San Vito in carne e in ossa addirittura; e la sciancata aveva roba da pigliarsi il marito che gli pareva e piaceva.

- Guardate qua, compare Pino - gli diceva: - questa è tutta roba bianca, questi son tutti orecchini e collane d'oro; in questa giara ci son 12 cafisi d'olio; e quel graticcio è pieno di fave. Se voi siete contento, potete vivere colle mani sulla pancia, e non avrete più bisogno di stare a mezza gamba nel pantano per acchiappar le rane.

- Per me sarei contento - diceva il Tomo. Ma pensava agli occhi neri di Lucia, che lo cercavano di sotto all'impannata della finestra, e ai fianchi della sciancata, che si dimenavano come quelli delle rane, mentre andava di qua e di là per la casa, a fargli vedere tutta quella roba. Però una volta che non aveva potuto buscarsi un grano da tre giorni, e gli era toccato stare in casa della vedova, a mangiare e bere, e a veder piovere dall'uscio, si persuase a dir di sì, per amor del pane.

- È stato per amor del pane, vi giuro! - diceva egli colle mani in croce, quando tornò a cercare comare Lucia dinanzi all'uscio. - Se non fosse stato per la malannata non sposavo la sciancata, comare Lucia!

- Andate a contarglielo alla sciancata! gli rispondeva la ragazza, verde dalla bile. - Questo solo voglio dirvi: che qui non ci avete a metter più piede -.

E la sciancata gli diceva anche lei che non ci mettesse più piede, se no lo scacciava di casa sua, nudo e affamato come l'aveva preso. - Non sai che, prima a Dio, mi hai obbligo del pane che ti mangi?

A suo marito non gli mancava nulla: lui ben vestito, ben pasciuto, colle scarpe ai piedi, senza aver altro da fare che bighellonare in piazza tutto il giorno, dall'ortolano, dal beccaio, dal pescatore, colle mani dietro la schiena, e il ventre pieno, a vedere contrattare la roba. - Quello è il suo mestiere, di fare il vagabondo! - diceva la *Rossa*. E Lucia rimbeccava che non faceva nulla perché aveva la moglie ricca che lo campava. - Se sposava me avrebbe lavorato per campar la moglie -. Santo, colla testa sulle mani, rifletteva che sua madre glielo aveva consigliato, di pigliarsela lui la sciancata, e la colpa era sua di essersi lasciato sfuggire il pan di bocca.

- Quando siamo giovani - predicava alla sorella - ci abbiamo in capo gli stessi grilli che hai tu adesso, e cerchiamo soltanto quel che ci piace, senza pensare al poi. Domandalo ora alla *Rossa* se si dovesse tornare a fare quel che abbiamo fatto!... -

La *Rossa*, accoccolata sulla soglia, approvava col capo, mentre i suoi marmocchi le strillavano intorno, tirandola per le vesti e pei capelli. - Almeno il Signore Iddio non dovrebbe mandarci la croce dei figliuoli! - piagnucolava.

Dei figliuoli quelli che poteva se li tirava dietro nel campo, ogni mattina, come una giumenta i suoi puledri; la piccina dentro le bisacce, sulla schiena, e la più grandicella per mano. Ma gli altri tre però era costretta lasciarli a casa, a far disperare la cognata. Quella della bisaccia, e quella che le trotterellava dietro zoppicando, strillavano in concerto per la viottola, al freddo dell'alba bianca, e la mamma di tanto in tanto doveva fermarsi, grattandosi la testa e sospirando: - Oh, Signore Iddio! - e scaldava col fiato le manine pavonazze della piccina, o tirava fuori dal sacco la lattante per darle la poppa, seguitando a camminare. Suo marito andava innanzi, curvo sotto il carico, e si voltava appena per darle il tempo di raggiungerlo tutta affannata, tirandosi dietro la bambina per la mano, e col petto nudo - non era per guardare i capelli della *Rossa*, oppure il petto che facesse l'onda dentro il busto, come al Castelluccio. Adesso la *Rossa* lo buttava fuori al sole e al gelo, come roba la quale non serve ad altro che a dar latte, tale e quale come una giumenta. - Una vera bestia da lavoro - quanto a ciò non poteva lagnarsi suo marito - a zappare, a mietere e a seminare, meglio di un uomo, quando tirava su le gonnelle, colle gambe nere sino a metà, nel seminato.

Ora ella aveva ventisette anni, e tutt'altro da fare che badare alle scarpette e alle calze turchine. - Siamo vecchi, - diceva suo marito, - e bisogna pensare ai figliuoli -. Almeno si aiutavano l'un l'altro come due buoi dello stesso aratro. Questo era adesso il matrimonio.

- Pur troppo lo so anch'io! - brontolava Lucia - che ho i guai dei figli, senza aver marito. Quando chiude gli occhi quella vecchierella, se vogliono darmi ancora un pezzo di pane me lo danno. Ma se no, mi mettono in mezzo a una strada -.

La mamma, poveretta, non sapeva che rispondere, e stava a sentirla, seduta accanto al letto, col fazzoletto in testa, e la faccia gialla dalla malattia. Di giorno s'affacciava sull'uscio, al sole, e ci stava quieta e zitta sino all'ora in cui il tramonto impallidiva sui tetti nerastri dirimpetto, e le comari chiamavano a raccolta le galline.

Soltanto, quando veniva il dottore a visitarla, e la figliuola le accostava alla faccia la candela, domandava al medico, con un sorriso timido:

- Per carità, vossignoria... È cosa lunga? -

Santo, che aveva un cuor d'oro, rispondeva:

- Non me ne importa di spendere in medicine, finché quella povera vecchierella resta qui, e so di trovarla nel suo cantuccio tornando a casa. Poi ha lavorato anch'essa la sua parte, quand'era tempo; e allorché saremo vecchi, i nostri figli faranno altrettanto per noi -.

E accadde pure che Carmenio al Camemi aveva acchiappato le febbri. Se il padrone fosse stato ricco gli avrebbe comprato le medicine; ma curatolo Vito era un povero diavolo che campava su di quel po' di mandra, e il ragazzo lo teneva proprio per carità, ché quelle quattro pecore avrebbe potuto guardarsele lui, se non fosse stata la paura della malaria. Poi voleva fare anche l'opera buona di dar pane all'orfanello di compare Nanni, per ingraziarsi la Provvidenza che doveva aiutarlo, doveva, se c'era giustizia in cielo. Che poteva farci se possedeva soltanto quel pezzetto di pascolo al Camemi, dove la malaria quagliava come la neve, e Carmenio aveva presa la terzana? Un dì che il ragazzo si sentiva le ossa rotte dalla febbre, e si lasciò vincere dal sonno a ridosso di un pietrone che stampava l'ombra nera sulla viottola polverosa, mentre i mosconi ronzavano nell'afa di maggio, le pecore irruppero nei seminati del vicino - un povero maggese grande quanto un fazzoletto da naso, che l'arsura s'era mezzo mangiato. Nonostante zio Cheli, rincantucciato sotto un tettuccio di frasche, lo guardava come la pupilla degli occhi suoi, quel seminato che gli costava tanti sudori, ed era la speranza dell'annata. Al vedere le pecore che scorazzavano. - Ah! che non ne mangiano pane, quei cristiani? - E Carmenio si svegliò alle busse ed ai calci dello zio Cheli, il quale si mise a correre come un pazzo dietro le pecore sbandate, piangendo ed urlando. Ci volevano proprio quelle legnate per Carmenio, colle ossa che gli aveva già rotte la terzana! Ma gli pagava forse il danno al vicino cogli strilli e cogli ahimè? - Un'annata persa, ed i miei figli senza pane quest'inverno! Ecco il danno che hai fatto, assassino! Se ti levassi la pelle non basterebbe! -

Zio Cheli si cercò i testimoni per citarli dinanzi al giudice colle pecore di curatolo Vito. Questi, al giungergli della citazione, fu come un colpo d'accidente per lui e sua moglie. - Ah! quel birbante di Carmenio ci ha rovinati del tutto! Andate a far del bene, che ve lo rendono in tal maniera! Potevo forse stare nella malaria a guardare le pecore? Ora lo zio Cheli finisce di farci impoverire a spese! - Il poveretto corse al Camemi nell'ora di mezzogiorno, che non ci vedeva dagli occhi dalla disperazione, per tutte le disgrazie che gli piovevano addosso, e ad ogni pedata e ad ogni sorgozzone che assestava a Carmenio, balbettava ansante: - Tu ci hai ridotti sulla paglia! Tu ci hai rovinato, brigante! - Non vedete come son ridotto? - cercava di rispondere Carmenio parando le busse. - Che colpa ci ho se non potevo stare in piedi dalla febbre? Mi colse a tradimento, là, sotto il pietrone! - Ma tant'è dovette far fagotto su due piedi, dir addio al credito di due onze che ci aveva con curatolo Vito, e lasciar la mandra. Che curatolo Vito si contentava di pigliar lui le febbri un'altra volta, tante erano le sue disgrazie.

A casa Carmenio non disse niente, tornando nudo e crudo, col fagotto in spalla infilato al bastone. Solo La mamma si rammaricava di vederlo così pallido e sparuto, e non sapeva che pensare. Lo seppe più tardi da don Venerando, che stava di casa lì vicino, e aveva pure della terra al Camemi, al limite del maggese dello zio Cheli.

- Non dire il motivo per cui lo zio Vito ti ha mandato via! - suggeriva la mamma al ragazzo - se no, nessuno ti piglia per garzone -. E Santo aggiungeva pure:

- Non dir nulla che hai la terzana, se no nessuno ti vuole, sapendo che sei malato -.

Però don Venerando lo prese per la sua mandra di Santa Margherita, dove il curatolo lo rubava a man salva; e gli faceva più danno delle pecore nel seminato. - Ti darò io le medicine; così non avrai il pretesto di metterti a dormire, e di lasciarmi scorazzare le pecore dove vogliono -. Don Venerando aveva preso a benvolere tutta la famiglia per amor della Lucia, che la vedeva dal terrazzino quando pigliava il fresco al dopopranzo. - Se volete darmi anche la ragazza gli dò sei tarì al mese -. E diceva pure che Carmenio avrebbe potuto andarsene colla madre a Santa Margherita, perché la vecchia perdeva terreno di giorno in giorno, e almeno alla mandra non le sarebbero mancate le ova, il latte e il brodo di carne di pecora, quando ne moriva qualcuna. La *Rossa* si spogliò del meglio e del buono per metterle insieme un fagottino di roba bianca. Ora veniva il tempo della semina, loro non potevano andare e venire tutti i giorni da Licciardo, e la scarsezza d'ogni cosa arrivava coll'inverno. Lucia stavolta diceva davvero che voleva andarsene a servire in casa di don Venerando.

Misero la vecchierella sul somaro, Santo da un lato e Carmenio dall'altro, colla roba in groppa; e la mamma, mentre si lasciava fare, diceva alla figliuola, guardandola cogli occhi grevi sulla faccia scialba:

- Chissà se ci vedremo? chissà se ci vedremo? Hanno detto che tornerò in aprile. Tu statti col timor di Dio, in casa del padrone. Là almeno non ti mancherà nulla -.

Lucia singhiozzava nel grembiale; ed anche la *Rossa*, poveretta. In quel momento avevano fatto la pace, e si tenevano abbracciate, piangendo insieme. - La *Rossa* ha il cuore buono - diceva suo marito. - Il guaio è che non siamo ricchi, per volerci sempre bene. Le galline quando non hanno nulla da beccare nella stia, si beccano fra di loro -.

Lucia adesso era ben accollata, in casa di don Venerando, e diceva che voleva lasciarla soltanto dopo ch'era morta, come si suole, per dimostrare la gratitudine al padrone. Aveva pane e minestra quanta ne voleva, un bicchiere di vino al giorno, e il suo piatto di carne la domenica e le feste. Intanto la mesata le restava in tasca tale e quale, e la sera aveva tempo anche di filarsi la roba bianca della dote per suo conto. Il partito ce l'aveva già sotto gli occhi nella stessa casa: Brasi, lo sguattero che faceva la cucina, e aiutava anche nelle cose di campagna quando bisognava. Il padrone s'era arricchito allo stesso modo, stando al servizio del barone, ed ora aveva il don, e poderi e bestiami a bizzeffe. A Lucia, perché veniva da una famiglia benestante caduta in bassa fortuna, e si sapeva che era onesta, le avevano assegnate le faccende meno dure, lavare i piatti, scendere in cantina, e governare il pollaio; con un sottoscala per dormirvi che pareva uno stanzino, e il letto, il cassettone e ogni cosa; talché Lucia voleva lasciarli soltanto dopo che era morta. In quel mentre faceva l'occhietto a Brasi, e gli confidava che fra due o tre anni ci avrebbe avuto un gruzzoletto, e poteva "andare al mondo", se il Signore la chiamava.

Brasi da quell'orecchio non ci sentiva. Ma gli piaceva la Lucia, coi suoi occhi di carbone, e la grazia di Dio che ci aveva addosso. A lei pure le piaceva Brasi, piccolo, ricciuto, col muso fino e malizioso di can volpino. Mentre lavavano i piatti o mettevano legna sotto il calderotto, egli inventava ogni monelleria per farla ridere, come se le facesse il solletico. Le spruzzava l'acqua sulla nuca e le ficcava delle foglie d'indivia fra le trecce. Lucia strillava sottovoce, perché non udissero i padroni; si rincantucciava nell'angolo del forno, rossa in viso al pari della bragia, e gli gettava in faccia gli strofinacci ed i sarmenti, mentre l'acqua gli sgocciolava nella schiena come una delizia.

- E colla carne si fa le polpette - fate la vostra, ché la mia l'ho fatta.

- Io no! - rispondeva Lucia. - A me non mi piacciono questi scherzi -.

Brasi fingeva di restare mortificato. Raccattava la foglia d'indivia che gli aveva buttato in faccia, e se la ficcava in petto, dentro la camicia, brontolando:

- Questa è roba mia. Io non vi tocco. È roba mia e ha da star qui. Se volete mettervi della roba mia allo stesso posto, a voi! - E faceva atto di strapparsi una manciata di capelli per offrirglieli, cacciando fuori tanto di lingua.

Ella lo picchiava con certi pugni sodi da contadina che lo facevano aggobbire, e gli davano dei cattivi sogni la notte, diceva lui. Lo pigliava pei capelli, come un cagnuolo, e sentiva un certo piacere a ficcare le dita in quella lana morbida e ricciuta.

- Sfogatevi! sfogatevi! Io non sono permaloso come voi, e mi lascierei pestare come la salsiccia dalle vostre mani -.

Una volta don Venerando li sorprese in quei giuochetti e fece una casa del diavolo. Tresche non ne voleva in casa sua; se no li scacciava fuori a pedate tutt'e due. Piuttosto quando trovava la ragazza sola in cucina, le pigliava il ganascino, e voleva accarezzarla con due dita.

- No! no! - replicava Lucia. - A me questi scherzi non mi piacciono. Se no piglio la mia roba e me ne vado.

- Di lui ti piacciono, di lui! E di me che sono il padrone, no? Cosa vuol dire questa storia? Non sai che posso regalarti degli anelli e dei pendenti di oro, e farti la dote, se ne ho voglia? -

Davvero poteva fargliela, confermava Brasi, che il padrone aveva danari quanti ne voleva, e sua moglie portava il manto di seta come una signora, adesso che era magra e vecchia peggio di una mummia; per questo suo marito scendeva in cucina a dir le barzellette colle ragazze. Poi ci veniva per guardarsi i suoi interessi, quanta legna ardeva e quanta carne mettevano al fuoco.

Era ricco, sì, ma sapeva quel che ci vuole a far la roba, e litigava tutto il giorno con sua moglie, la quale aveva dei fumi in testa, ora che faceva la signora, e si lagnava del fumo dei sarmenti e del cattivo odore delle cipolle.

- La dote voglio farmela io colle mie mani - rimbeccava Lucia. - La figlia di mia madre vuol restare una ragazza onorata, se un cristiano la cerca in moglie.

- E tu restaci! - rispondeva il padrone. - Vedrai che bella dote! e quanti verranno a cercartela la tua onestà! -

Se i maccheroni erano troppo cotti, se Lucia portava in tavola due ova al tegame che sentivano l'arsiccio, don Venerando la strapazzava per bene, al cospetto della moglie, tutto un altro uomo, col ventre avanti e la voce alta. - Che credevano di far l'intruglio pel maiale? Con due persone di servizio che se lo mangiavano vivo! Un'altra volta le buttava la grazia di Dio sulla faccia! - La signora, benedetta, non voleva quegli schiamazzi, per via dei vicini, e rimandava la serva strillando in falsetto:

- Vattene in cucina; levati di qua, sciamannona! paneperso! -

Lucia andava a piangere nel cantuccio del forno, ma Brasi la consolava, con quella sua faccia da mariuolo:

- Cosa ve ne importa? Lasciateli cantare! Se si desse retta ai padroni, poveri noi! Le ova sentivano l'arsiccio? Peggio per loro! Non potevo spaccar legna nel cortile, e rivoltar le ova nel tempo istesso. Mi fanno far da cuoco e da garzone, e vogliono essere serviti come il re! Che non si rammentavano più quando lui mangiava pane e cipolla sotto un olivo, e lei gli coglieva le spighe nel campo? -.

Allora serva e cuoco si confidavano la loro "mala sorte" che nascevano di "gente rispettata" e i loro parenti erano stati più ricchi del padrone, già da tempo. Il padre di Brasi era carradore, nientemeno! e la colpa era del figliuolo che non aveva voluto attendere al mestiere, e si era incapricciato a vagabondare per le fiere, dietro il carretto del merciaiuolo: con lui aveva imparato a cucinare e a governar le bestie.

Lucia ricominciava la litania dei suoi guai: - il babbo, il bestiame, la *Rossa*, le malannate: - tutt'e due gli stessi, lei e Brasi, in quella cucina; parevano fatti l'uno per l'altra.

- La storia di vostro fratello colla *Rossa*? - rispondeva Brasi. - Grazie tante! - Però non voleva darle quell'affronto lì sul mostaccio. Non gliene importava nulla che ella fosse una contadina. Non ricusava per superbia. Erano poveri tutti e due e sarebbe stato meglio buttarsi nella cisterna con un sasso al collo.

Lucia mandò giù tutto quell'amaro senza dir motto, e se voleva piangere andava a nascondersi nel sottoscala, o nel cantuccio del forno, quando non c'era Brasi.

Ormai a quel cristiano gli voleva bene, collo stare insieme davanti al fuoco tutto il giorno. I rabbuffi, le sgridate del padrone, li pigliava per sé, e lasciava a lui il miglior piatto, il bicchier di vino più colmo, andava in corte a spaccar la legna per lui, e aveva imparato a rivoltare le ova e a scodellare i maccheroni in punto. Brasi, come la vedeva fare la croce, colla scodella sulle ginocchia, prima d'accingersi a mangiare, le diceva:

- Che non avete visto mai grazia di Dio? -

Egli si lamentava sempre e di ogni cosa: che era una galera, e che aveva soltanto tre ore alla sera da andare a spasso o all'osteria; e se Lucia qualche volta arrivava a dirgli, col capo basso, e facendosi rossa:

- Perché ci andate all'osteria? Lasciatela stare l'osteria, che non fa per voi.

- Si vede che siete una contadina! - rispondeva lui. - Voi altri credete che all'osteria ci sia il diavolo. Io son nato da maestri di bottega, mia cara. Non son mica un villano!

- Lo dico per vostro bene. Vi spendete i soldi, e poi c'è sempre il caso d'attaccar lite con qualcheduno -.

Brasi si sentì molle a quelle parole e a quegli occhi che evitavano di guardarlo. E si godeva il solluchero:

- O a voi cosa ve ne importa?

- Nulla me ne importa. Lo dico per voi.

- O voi non vi seccate a star qui in casa tutto il giorno?

- No, ringrazio Iddio del come sto, e vorrei che i miei parenti fossero come me, che non mi manca nulla -.

Ella stava spillando il vino, accoccolata colla mezzina fra le gambe, e Brasi era sceso con lei in cantina a farle lume. Come la cantina era grande e scura al pari di una chiesa, e non si udiva una mosca in quel sotterraneo, soli tutti e due, Brasi e Lucia, egli le mise un braccio al collo e la baciò su quella bocca rossa al pari del corallo.

La poveretta l'aspettava sgomenta, mentre stava china tenendo gli occhi sulla brocca, e tacevano entrambi, e udiva il fiato grosso di lui, e il gorgogliare del vino. Ma pure mise un grido soffocato, cacciandosi indietro tutta tremante, così che un po' di spuma rossa si versò per terra.

- O che è stato? - esclamò Brasi. - Come se v'avessi dato uno schiaffo! Dunque non è vero che mi volete bene?

Ella non osava guardarlo in faccia, e si struggeva dalla voglia. Badava al vino versato, imbarazzata, balbettando:

- O povera me! o povera me! che ho fatto? Il vino del padrone!...

- Eh! lasciate correre; ché ne ha tanto il padrone. Date retta a me piuttosto. Che non mi volete bene? Ditelo, sì o no! -

Ella stavolta si lascia prendere la mano, senza rispondere, e quando Brasi le chiese che gli restituisse il bacio, ella glielo diede, rossa di una cosa che non era vergogna soltanto.

- Che non ne avete avuti mai? - domandava Brasi ridendo. - O bella! siete tutta tremante come se avessi detto di ammazzarvi.

- Sì, vi voglio bene anch'io - rispose lei; - e mi struggevo di dirvelo. Se tremo ancora non ci badate. È stata per la paura del vino.

- O guarda! anche voi? E da quando! Perché non me lo avete detto?

- Da quando s'è parlato che eravamo fatti l'uno per l'altro.

- Ah! - disse Brasi, grattandosi il capo. - Andiamo di sopra, che può venire il padrone -.

Lucia era tutta contenta dopo quel bacio, e le sembrava che Brasi le avesse suggellato sulla bocca la promessa di sposarla. Ma lui non ne parlava neppure, e se la ragazza gli toccava quel tasto, rispondeva:

- Che premura hai? Poi è inutile mettersi il giogo sul collo, quando possiamo stare insieme come se fossimo maritati.

- No, non è lo stesso. Ora voi state per conto vostro ed io per conto mio; ma quando ci sposeremo, saremo una cosa sola.

- Una bella cosa saremo! Poi non siamo fatti della stessa pasta. Pazienza, se tu avessi un po' di dote!

- Ah! che cuore nero avete voi! No! Voi non mi avete voluto bene mai!

- Sì, che ve n'ho voluto. E son qui tutto per voi; ma senza parlar di quella cosa.

- No! Non ne mangio di quel pane! lasciatemi stare, e non mi guardate più! -

Ora lo sapeva com'erano fatti gli uomini. Tutti bugiardi e traditori. Non voleva sentirne più parlare. Voleva buttarsi nella cisterna piuttosto a capo in giù; voleva farsi *Figlia di Maria*; voleva prendere il suo buon nome e gettarlo dalla finestra! A che le serviva, senza dote? Voleva rompersi il collo con quel vecchiaccio del padrone, e procurarsi la dote colla sua vergogna. Ormai!... Ormai!... Don Venerando l'era sempre attorno, ora colle buone, ora colle cattive, per guardarsi i suoi interessi, se mettevano troppa legna al fuoco, quanto olio consumavano per la frittura, mandava via Brasi a comprargli un soldo di tabacco, e cercava di pigliare Lucia pel ganascino, correndole dietro per la cucina, in punta di piedi perché sua moglie non udisse, rimproverando la ragazza che gli mancava di rispetto, col farlo correre a quel modo! - No! no! - ella pareva una gatta inferocita. - Piuttosto pigliava la sua roba, e se ne andava via! - E che mangi? E dove lo trovi un marito senza dote? Guarda questi orecchini! Poi ti regalerei 20 onze per la tua dote. Brasi per 20 onze si fa cavare tutti e due gli occhi! -

Ah! quel cuore nero di Brasi! La lasciava nelle manacce del padrone, che la brancicavano tremanti! La lasciava col pensiero della mamma che poco poteva campare, della casa saccheggiata e piena di guai, di Pino il Tomo che l'aveva piantata per andare a mangiare il pane della vedova! La lasciava colla tentazione degli orecchini e delle 20 onze nella testa!

E un giorno entrò in cucina colla faccia tutta stravolta, e i pendenti d'oro che gli sbattevano sulle guance. Brasi sgranava gli occhi, e le diceva:

- Come siete bella così, comare Lucia!

- Ah! vi piaccio così? Va bene, va bene! -

Brasi ora che vedeva gli orecchini e tutto il resto, si sbracciava a mostrarsi servizievole e premuroso quasi ella fosse diventata un'altra padrona. Le lasciava il piatto più colmo, e il posto migliore accanto al fuoco. Con lei si sfogava a cuore aperto, ché erano poverelli tutti e due, e faceva bene all'anima confidare i guai a una persona che si vuol bene. Se appena appena fosse arrivato a possedere 20 onze, egli metteva su una piccola bettola e prendeva moglie. Lui in cucina, e lei al banco. Così non si stava più al comando altrui. Il padrone se voleva far loro del bene, lo poteva fare senza scomodarsi, giacché 20 onze per lui erano come una presa di tabacco. E Brasi non sarebbe stato schizzinoso, no! Una mano lava l'altra a questo mondo. E non era sua colpa se cercava di guadagnarsi il pane come poteva. Povertà non è peccato.

Ma Lucia si faceva rossa, o pallida, o le si gonfiavano gli occhi di pianto, e si nascondeva il volto nel grembiale. Dopo qualche tempo non si lasciò più vedere nemmeno fuori di casa, né a messa, né a confessare, né a Pasqua, né a Natale.

In cucina si cacciava nell'angolo più scuro, col viso basso, infagottata nella veste nuova che le aveva regalato il padrone, larga di cintura.

Brasi la consolava con buone parole. Le metteva un braccio al collo, le palpava la stoffa fine del vestito, e gliela lodava. Quegli orecchini d'oro parevano fatti per lei. Uno che è ben vestito e ha denari in tasca non ha motivo di vergognarsi e di tenere gli occhi bassi; massime poi quando gli occhi son belli come quelli di comare Lucia. La poveretta si faceva animo a fissargLieli in viso, ancora sbigottita, e balbettava:

- Davvero, mastro Brasi? Mi volete ancora bene?

- Sì, sì, ve ne vorrei! - rispondeva Brasi colla mano sulla coscienza. - Ma che colpa ci ho se non son ricco per sposarvi? Se aveste 20 onze di dote vi sposerei ad occhi chiusi -.

Don Venerando adesso aveva preso a ben volere anche lui, e gli regalava i vestiti smessi e gli stivali rotti. Allorché scendeva in cantina gli dava un bel gotto di vino, dicendogli:

- Tè! bevi alla mia salute -.

E il pancione gli ballava dal tanto ridere, al vedere le smorfie che faceva Brasi, e al sentirlo barbugliare alla Lucia, pallido come un morto:

- Il padrone è un galantuomo, comare Lucia! lasciate ciarlare i vicini, tutta gente invidiosa, che muore di fame, e vorrebbero essere al vostro posto -.

Santo, il fratello, udì la cosa in piazza qualche mese dopo. E corse dalla moglie trafelato. Poveri erano sempre stati, ma onorati. La *Rossa* allibì anch'essa, e corse dalla cognata tutta sottosopra, che non poteva spiccicar parola. Ma quando tornò a casa da suo marito, era tutt'altra, serena e colle rose in volto.

- Se tu vedessi! Un cassone alto così di roba bianca! anelli, pendenti e collane d'oro fine. Poi vi son anche 20 onze di danaro per la dote. Una vera provvidenza di Dio!

- Non monta! - Tornava a dire di tanto in tanto il fratello, il quale non sapeva capacitarsene. - Almeno avesse aspettato che chiudeva gli occhi nostra madre!... -

Questo poi accadde l'anno della neve, che crollarono buon numero di tetti, e nel territorio ci fu una gran mortalità di bestiame, Dio liberi!

Alla Lamia e per la montagna di Santa Margherita, come vedevano scendere quella sera smorta, carica di nuvoloni di malaugurio, che i buoi si voltavano indietro sospettosi, e muggivano, la gente si affacciava dinanzi ai casolari, a guardar lontano verso il mare, colla mano sugli occhi, senza dir nulla. La campana del Monastero Vecchio, in cima al paese, suonava per scongiurare la malanotte, e sul poggio del Castello c'era un gran brulichìo di comari, nere sull'orizzonte pallido, a vedere in cielo *la coda del drago*, una striscia color di pece, che puzzava di zolfo, dicevano, e voleva essere una brutta notte. Le donne gli facevano gli scongiuri colle dita, al drago, gli mostravano l'abitino della Madonna sul petto nudo, e gli sputavano in faccia, tirando giù la croce sull'ombelico, e pregavano Dio e le anime del purgatorio, e Santa Lucia, che era la sua vigilia, di proteggere i campi, e le bestie, e i loro uomini anch'essi, chi ce li avea fuori del paese. Carmenio al principio dell'inverno era andato colla mandra a Santa Margherita. La mamma quella sera non istava bene, e si affannava pel lettuccio, cogli occhi spalancati, e non voleva star più quieta come prima, e voleva questo, e voleva quell'altro, e voleva alzarsi, e voleva che la voltassero dall'altra parte. Carmenio un po' era corso di qua e di là, a darle retta, e cercare di fare qualche cosa. Poi si era piantato dinanzi al letto, sbigottito, colle mani nei capelli.

Il casolare era dall'altra parte del torrente, in fondo alla valle, fra due grossi pietroni che gli si arrampicavano sul tetto. Di faccia, la costa, ritta in piedi, cominciava a scomparire nel buio che saliva dal vallone, brulla e nera di sassi, fra i quali si perdeva la striscia biancastra del viottolo. Al calar del sole erano venuti i vicini della mandra dei fichidindia, a vedere se occorreva nulla per l'inferma, che non si moveva più nel suo lettuccio, colla faccia in aria e la fuliggine al naso.

- Cattivo segno! - aveva detto curatolo Decu. - Se non avessi lassù le pecore, con questo tempo che si prepara, non ti lascierei solo stanotte. Chiamami, se mai! -

Carmenio rispondeva di sì, col capo appoggiato allo stipite; ma vedendolo allontanare passo passo, che si perdeva nella notte, aveva una gran voglia di corrergli dietro, di mettersi a gridare, di strapparsi i capelli - non sapeva che cosa.

- Se mai - gli gridò curatolo Decu da lontano - corri fino alla mandra dei fichidindia, lassù, che c'è gente -.

La mandra si vedeva tuttora sulla roccia, verso il cielo, per quel po' di crepuscolo che si raccoglieva in cima ai monti, e straforava le macchie dei fichidindia. Lontan lontano, alla Lamia e verso la pianura, si udiva l'uggiolare dei cani auuuh!... auuuh!... auuuh!... che arrivava appena sin là, e metteva freddo nelle ossa. Le pecore allora si spingevano a scorazzare in frotta pel chiuso, prese da un terrore pazzo, quasi sentissero il lupo nelle vicinanze, e a quello squillare brusco di campanacci sembrava che le tenebre si accendessero di tanti occhi infuocati, tutto in giro. Poi le pecore si arrestavano immobili, strette fra di loro, col muso a terra, e il cane finiva d'abbaiare in un uggiolato lungo e lamentevole, seduto sulla coda.

- Se sapevo! - pensava Carmenio - era meglio dire a curatolo Decu di non lasciarmi solo -.

Di fuori, nelle tenebre, di tanto in tanto si udivano i campanacci della mandra che trasalivano. Dallo spiraglio si vedeva il quadro dell'uscio nero come la bocca di un forno; null'altro. E la costa dirimpetto, e la valle profonda, e la pianura della Lamia, tutto si sprofondava in quel nero senza fondo, che pareva si vedesse soltanto il rumore del torrente, laggiù, a montare verso il casolare, gonfio e minaccioso.

Se sapeva, anche questa! prima che annottasse correva al paese a chiamare il fratello; e certo a quell'ora sarebbe qui con lui, ed anche Lucia e la cognata.

Allora la mamma cominciò a parlare, ma non si capiva quello che dicesse, e brancolava pel letto colle mani scarne.

- Mamma! mamma! cosa volete? - domandava Carmenio - ditelo a me che son qui con voi! -

Ma la mamma non rispondeva. Dimenava il capo anzi, come volesse dir no! no! non voleva. Il ragazzo le mise la candela sotto il naso, e scoppiò a piangere dalla paura.

- O mamma! mamma mia! - piagnucolava Carmenio -. O che sono solo e non posso darvi aiuto!
-

Aprì l'uscio per chiamare quelli della mandra dei fichidindia. Ma nessuno l'udiva.

Dappertutto era un chiarore denso; sulla costa, nel vallone, laggiù al piano - come un silenzio fatto di bambagia. Ad un tratto arrivò soffocato il suono di una campana che veniva da lontano, 'nton! 'nton! 'nton! e pareva quagliasse nella neve.

- Oh, Madonna santissima! - singhiozzava Carmenio -. Che sarà mai quella campana? O della mandra dei fichidindia, aiuto! O santi cristiani, aiuto! Aiuto, santi cristiani! - si mise a gridare.

Infine lassù, in cima al monte dei fichidindia, si udì una voce lontana, come la campana di Francofonte.

- Ooooh... cos'èeee? cos'èeee?...

- Aiuto, santi cristiani! aiuto, qui da curatolo Decuuu!...

- Ooooh... rincorrile le pecoreee!... rincorrileeee!...

- No! no! non son le pecore... non sono! -

In quella passò una civetta, e si mise a stridere sul casolare.

- Ecco! - mormorò Carmenio facendosi la croce. - Ora la civetta ha sentito l'odore dei morti! Ora la mamma sta per morire! -

A star solo nel casolare colla mamma, la quale non parlava più, gli veniva voglia di piangere. - Mamma, che avete? Mamma, rispondetemi? Mamma avete freddo? - Ella non fiatava, colla faccia scura. Accese il fuoco, fra i due sassi del focolare, e si mise a vedere come ardevano le frasche, che facevano una fiammata, e poi soffiavano come se ci dicessero su delle parole.

Quando erano nelle mandre di Resecone, quello di Francofonte, a veglia, aveva narrato certe storie di streghe che montano a cavallo delle scope, e fanno degli scongiuri sulla fiamma del focolare. Carmenio si rammentava tuttora la gente della fattoria, raccolta ad ascoltare con tanto d'occhi, dinanzi al lumicino appeso al pilastro del gran palmento buio, che a nessuno gli bastava l'animo di andarsene a dormire nel suo cantuccio, quella sera.

Giusto ci aveva l'abitino della Madonna sotto la camicia, e la fettuccia di santa Agrippina legata al polso, che s'era fatta nera dal tempo. Nella stessa tasca ci aveva il suo zufolo di canna, che gli rammentava le sere d'estate - Juh! juh! - quando si lasciano entrare le pecore nelle stoppie gialle come l'oro, dappertutto, e i grilli scoppiettano nell'ora di mezzogiorno, e le lodole calano trillando a rannicchiarsi dietro le zolle col tramonto, e si sveglia l'odore della nepitella e del ramerino. - Juh! juh! Bambino Gesù! - A Natale, quando era andato al paese, suonavano così per la novena, davanti all'altarino illuminato e colle frasche d'arancio, e in ogni casa, davanti all'uscio, i ragazzi giocavano alla *fossetta*, col bel sole di dicembre sulla schiena. Poi s'erano avviati per la messa di mezzanotte, in folla coi vicini, urtandosi e ridendo per le strade buie. Ah! perché adesso ci aveva quella spina in cuore? e la mamma che non diceva più nulla!! ancora per mezzanotte ci voleva un gran pezzo. Fra i sassi delle pareti senza intonaco pareva che ci fossero tanti occhi ad ogni buco, che guardavano dentro, nel focolare, gelati e neri.

Sul suo stramazzo, in un angolo, era buttato un giubbone, lungo disteso, che pareva le maniche si gonfiassero; e il diavolo del San Michele Arcangelo, nella immagine appiccicata a capo del lettuccio, digrignava i denti bianchi, colle mani nei capelli, fra i zig-zag rossi dell'inferno.

L'indomani, pallidi come tanti morti, arrivarono Santo, la *Rossa* coi bambini dietro, e Lucia che in quell'angustia non pensava a nascondere il suo stato. Attorno al lettuccio della morta si strappavano i capelli, e si davano dei pugni in testa, senza pensare ad altro. Poi come Santo si accorse della sorella con tanto di pancia, ch'era una vergogna, si mise a dire in mezzo al piagnisteo:

- Almeno avesse lasciato chiudere gli occhi a quella vecchierella, almeno!...

E Lucia dal canto suo:

- L'avessi saputo, l'avessi! Non le facevo mancare il medico e lo speziale, ora che ho 20 onze.

- Ella è in paradiso e prega Dio per noi peccatori; - conchiude la *Rossa*. - Sa che la dote ce l'avete, ed è tranquilla, poveretta. Mastro Brasi ora vi sposerà di certo -.

I GALANTUOMINI

Sanno scrivere - qui sta il guaio. La brinata dell'alba scura, e il sollione della messe, se li pigliano come tutti gli altri poveri diavoli, giacché son fatti di carne e d'ossa come il prossimo, per andare a sorvegliare che il prossimo non rubi loro il tempo e il denaro della giornata. Ma se avete a far con essi, vi uncinano nome e cognome, e chi vi ha fatto, col beccuccio di quella penna, e non ve ne districate più dai loro libracci, inchiodati nel debito.

- Tu devi ancora due tumoli di grano dell'anno scorso.

- Signore, la raccolta fu scarsa!

- È colpa mia se non piovve? Dovevo forse abbeverare i seminati col bicchiere?

- Signore, gli ho dato il sangue mio alla vostra terra!

- Per questo ti pago, birbante! Ti pago a sangue d'uomo! Io mi dissanguo in spese di cultura, e poi se viene la malannata, mi piantate la mezzeria, e ve ne andate colla falce sotto l'ascella! -

E dicono pure: - Val più un pezzente di un potente -; che non si può cavargli la pelle pel suo debito. Per ciò chi non ha nulla deve pagar la terra più cara degli altri, - il padrone ci arrischia di più - e se la raccolta viene magra, il mezzadro è certo di non perder nulla, e andarsene via con la falce sotto l'ascella. Ma l'andarsene in tal modo è anche una brutta cosa, dopo un anno di fatiche, e colla prospettiva dell'inverno lungo senza pane.

È che la malannata caccia ad ognuno il diavolo in corpo. Una volta, alla messe, che pareva scomunicata da Dio, il frate della cerca arrivò verso mezzogiorno nel podere di don Piddu, spronando cogli zoccoli nella pancia della bella mula baia, e gridando da lontano: - Viva Gesù e Maria! -

Don Piddu era seduto su di un cestone sfondato, guardando tristamente l'aia magra, in mezzo alle stoppie riarse, sotto quel cielo di fuoco che non lo sentiva nemmeno sul capo nudo, dalla disperazione.

- Oh! la bella mula che avete, fra Giuseppe! La val meglio di quelle quattro rozze magre, che non hanno nulla da trebbiare né da mangiare!

- È la mula della questua - rispose fra Giuseppe. - Sia lodata la carità del prossimo. Vengo per la cerca.

- Beato voi che senza seminare raccogliete, e al tocco di campana scendete in refettorio, e vi mangiate la carità del prossimo! Io ho cinque figli, e devo pensare al pane per tutti loro. Guardate che bella raccolta! L'anno scorso mi avete acchiappato mezza salma di grano perché S. Francesco mi mandasse la buonannata, e in compenso da tre mesi non piovve dal cielo altro che fuoco -.

Fra Giuseppe si asciugava il sudore anche lui col fazzoletto da naso. - Avete caldo, fra Giuseppe? Ora vi faccio dare un rinfresco! -

E glielo fece dare per forza da quattro contadini arrabbiati come lui, che gli arrovesciarono il saio sul capo, e gli buttavano addosso a secchi l'acqua verdastra del guazzatoio.

- Santo diavolone! - gridava don Piddu. - Poiché non giova nemmeno far la limosina a Cristo, voglio farla al diavolo un'altra volta! -

E d'allora non volle più cappuccini per l'aia, e si contentò che per la questua venissero piuttosto quelli di San Francesco di Paola.

Fra Giuseppe se la legò al dito. - Ah! avete voluto veder le mie mutande, don Piddu? Io vi ridurrò senza mutande e senza camicia! -

Era un pezzo di fratacchione con tanto di barba, e la collottola nera e larga come un bue di Modica, perciò nei vicoli e in tutti i cortili era l'oracolo delle comari e dei contadini.

- Con don Piddu non dovete averci che fare. Guardate che è scomunicato da Dio, e la sua terra ha la maledizione addosso! -

Quando venivano i missionari, negli ultimi giorni di carnevale, per gli esercizi spirituali della quaresima, e se c'era un peccatore o una mala femmina, od anche gente allegra, andavano a predicargli dietro l'uscio, in processione e colla disciplina al collo pei peccati altrui, fra Giuseppe additava la casa di don Piddu, che non gliene andava bene più una: le malannate, la mortalità nel bestiame, la moglie inferma, le figliuole da maritare, tutte già belle e pronte. Donna Saridda, la maggiore, aveva quasi trent'anni, e si chiamava ancora donna Saridda perché non crescesse tanto presto. Al festino del sindaco, il martedì grasso, aveva acchiappato finalmente uno sposo, ché Pietro Macca dal tinello li aveva visti stringersi la mano con don Giovannino, mentre andavano annaspando nella contraddanza. Don Piddu s'era levato il pan di bocca per condurre la figliuola al festino colla veste di seta aperta a cuore sul petto. Chissà mai! In quella i missionari predicavano contro le tentazioni davanti il portone del sindaco, per tutti quei peccati che si facevano là dentro, e dal sindaco dovettero chiudere le finestre, se no la gente dalla strada rompeva a sassate tutti i vetri.

Donna Saridda se ne tornò a casa tutta contenta, come se ci avesse in tasca il terno al lotto; e non dormì quella notte, pensando a don Giovannino, senza sapere che fra Giuseppe avesse a dirgli:

- Siete pazzo, vossignoria, ad entrare nella casata di don Piddu, che fra poco ci fanno il pignoramento? -

Don Giovannino non badava alla dote. Ma il disonore del pignoramento poi era un altro par di maniche! La gente si affollava dinanzi al portone di don Piddu, a vedergli portar via gli armadi e i cassettoni, che lasciavano il segno bianco nel muro dove erano stati tanto tempo, e le figliuole, pallide come cera, avevano un gran da fare per nascondere alla mamma, in fondo a un letto, quel che succedeva. Lei, poveretta, fingeva di non accorgersene. Prima era andata col marito a pregare, a scongiurare, dal notaio, dal giudice: - Pagheremo domani - pagheremo doman l'altro -. E tornavano a casa rasente al muro, lei colla faccia nascosta dentro il manto - ed era sangue di baroni! Il dì del pignoramento donna Saridda, colle lagrime agli occhi, era andata a chiudere tutte le finestre, perché quelli che son nati col *don* vanno soggetti anche alla vergogna. Don Piddu, quando per carità l'avevano preso sorvegliante alle chiuse del Fiumegrande, nel tempo delle messe, che la malaria si mangiava i cristiani, non gli rincresceva della malaria; gli doleva solo che i contadini, allorché questionavano con lui, mettevano da parte il *don*, e lo trattavano a tu per tu.

Almeno un povero diavolo, sinché ha le braccia e la salute, trova da buscarsi il pane. - Quello che diceva don Marcantonio Malerba, quando cadde in povertà, carico di figliuoli, la moglie sempre gravida, che doveva fare il pane, preparare la minestra, la biancheria e scopar le stanze. I galantuomini hanno bisogno di tante altre cose, e sono avvezzi in altro modo. I ragazzi di don Marcantonio, quando stavano a ventre vuoto tutto un giorno, non dicevano nulla, ed il più grandicello, se il babbo lo mandava a comprare un pane a credenza, o un fascio di lattughe, ci andava di sera, a viso basso, nascondendolo sotto il mantello rattoppato.

Il papà si dava le mani attorno per buscare qualche cosa, pigliando un pezzo di terra in affitto, o a mezzeria. Tornava a piedi dalla campagna, più tardi di ogni altro, con quello straccio di scialle di sua moglie che chiamava *pled*, e la sua brava giornata di zappare se la faceva anche lui, quando nella viottola non passava nessuno.

Poi la domenica andava a fare il galantuomo insieme agli altri nel casino di conversazione, ciaramellando in crocchio fra di loro, colle mani in tasca e il naso dentro il bavero del cappotto; o giuocavano a tressette colla mazza fra le gambe e il cappello in testa. Al tocco di mezzogiorno sgattaiolavano in furia chi di qua chi di là, ed egli se ne andava a casa, come se ci avesse sempre pronto il desinare anche lui. - Che posso farci? - diceva. - A giornata non posso andarci coi miei figli! - Anche i ragazzi, allorché il padre li mandava a chiedere in prestito mezza salma di farro per la semina, o qualche tumulo di fave per la minestra, dallo zio Masi, o da massaro Pinu, si facevano rossi, e balbettavano come fossero già grandi.

Quando venne il fuoco da Mongibello, e distrusse vigne e oliveti, chi aveva braccia da lavorare almeno non moriva di fame. Ma i galantuomini che possedevano le loro terre da quelle parti, sarebbe stato meglio che la lava li avesse seppelliti coi poderi, loro, i figliuoli e ogni cosa. La gente che non ci aveva interesse andava a vedere il fuoco fuori del paese, colle mani in tasca. - Oggi aveva preso la vigna del tale, domani sarebbe entrato nel campo del tal altro; ora minacciava il ponte della strada, più tardi circondava la casetta a mano destra. Chi non stava a guardare si affaccendava a levar tegole, imposte, mobili, a sgombrar le camere, e salvar quello che si poteva, perdendo la testa nella fretta e nella disperazione, come un formicaio in scompiglio.

A don Marco gli portarono la notizia mentre era a tavola colla famiglia, dinanzi al piatto dei maccheroni. - Signor don Marco, la lava ha deviato dalla vostra parte, e più tardi avrete il fuoco nella vostra vigna -. Allo sventurato gli cadde di mano la forchetta. Il custode della vigna stava portando via gli attrezzi del palmento, le doghe delle botti, tutto quello che si poteva salvare, e sua moglie andava a piantare al limite della vigna le cannucce colle immagini dei santi che dovevano proteggerla, biascicando avemarie.

Don Marco arrivò trafelato, cacciandosi innanzi l'asinello, in mezzo al nuvolone scuro che pioveva cenere. Dal cortiletto davanti al palmento si vedeva la montagna nera che si accatastava attorno alla vigna, fumando, franando qua e là, con un acciottolìo come se si fracassasse un monte di stoviglie, spaccandosi per lasciar vedere il fuoco rosso che bolliva dentro. Da lontano, prima ancora che fossero raggiunti, gli alberi più alti s'agitavano e stormivano nell'aria queta; poi fumavano e scricchiolavano; ad un tratto avvampavano e facevano una fiammata sola. Sembravano delle torce che s'accendessero ad una ad una nel tenebrore della campagna silenziosa, lungo il corso della lava. La moglie del custode della vigna andava sostituendo più in qua le cannucce colle immagini benedette, man mano che s'accendevano come fiammiferi; e piangeva, spaventata, davanti a quella rovina, pensando che il padrone non aveva più bisogno di custode, e li avrebbe licenziati. E il cane di guardia uggiolava anch'esso dinanzi alla vigna che bruciava. Il palmento, spalancato, senza tetto, con tutta quella roba buttata nel cortile, in mezzo alla campagna spaventata, sembrava tremasse di paura, mentre lo spogliavano prima di abbandonarlo.

- Che cosa state facendo? - chiese don Marco al custode che voleva salvare le botti e gli attrezzi del palmento. - Lasciate stare. Ormai non ho più nulla, e non ho che metterci nelle botti -.

Baciò il rastrello della vigna un'ultima volta prima di abbandonarla e se ne tornò indietro, tirandosi per la cavezza l'asinello.

Al nome di Dio! Anche i galantuomini hanno i loro guai, e son fatti di carne e di ossa come il prossimo. Prova donna Marina, l'altra figlia di don Piddu che s'era buttata al ragazzo della stalla, dacché aveva persa la speranza di maritarsi, e stavano in campagna pel bisogno, fra i guai; i genitori la tenevano priva di uno straccio di veste nuova, senza un cane che gli abbaiasse dietro. Nel meriggio di una calda giornata di luglio, mentre i mosconi ronzavano nell'aia deserta, e i genitori cercavano di dormire col naso contro il muro, andò a trovare dietro il pagliaio il ragazzo, il quale si faceva rosso e balbettava ogni volta che ella gli ficcava gli occhi addosso, e l'afferrò pei capelli onde farsi dare un bacio.

Don Piddu sarebbe morto di vergogna. Dopo il pignoramento, dopo la miseria, non avrebbe creduto di poter cascare più giù. La povera madre lo seppe nel comunicarsi a Pasqua. Una santa, colei! Don Piddu era chiuso, insieme a tutti gli altri galantuomini, nel convento dei cappuccini per fare gli esercizi spirituali. I galantuomini si riunivano coi loro contadini a confessarsi e sentir le prediche; anzi, faceva loro le spese del mantenimento, nella speranza che i garzoni si convertissero, se avevano rubato, e restituissero il mal tolto. Quegli otto giorni degli esercizi spirituali, galantuomini e villani tornavano fratelli come al tempo di Adamo ed Eva; e i padroni per umiltà servivano a tavola i garzoni colle loro mani, ché a costoro quella grazia di Dio andava giù di traverso per la soggezione; e nel refettorio, al rumore di tutte quelle mascelle in moto, sembrava che ci fosse una stalla di bestiame, mentre i missionari predicavano l'inferno e il purgatorio. Quell'anno don Piddu non avrebbe voluto andarci, perché non aveva di che pagare la sua parte, e poi non potevano rubargli più nulla i suoi garzoni. Ma lo fece chiamare il giudice, e lo mandò a farsi santo per forza, onde non desse il cattivo esempio. Quegli otto giorni erano una manna per chi ci avesse da fare nella casa di un povero diavolo, senza timore che il marito arrivasse improvviso di campagna a guastar la festa. La porta del convento era chiusa per tutti, ma i giovanotti che avevano da spendere, appena era notte, sgusciavano fuori e non tornavano prima dell'alba.

Ora don Piddu, dopo che gli giunsero all'orecchio certe chiacchiere che s'era lasciato scappare fra Giuseppe, una notte sgattaiolò fuori di nascosto, come se avesse avuto vent'anni, o l'innamorata che l'aspettasse, e non si sa quel che andò a sorprendere a casa sua. Certo quando rincasò prima dell'alba era pallido come un morto, e sembrava invecchiato di cent'anni. Questa volta il contrabbando era stato sorpreso, e come i donnaiuoli tornavano in convento, trovavano il padre missionario inginocchiato dietro l'uscio, a pregare pei peccati che gli altri erano andati a fare. Don Piddu si buttò ginocchioni anche lui, per confessarsi all'orecchio del missionario, piangendo tutte le lagrime che ci aveva negli occhi.

Ah! quel che aveva trovato! lì, a casa sua! in quel camerino di sua figlia che nemmeno c'entrava il sole!... Il ragazzo di stalla, che scappava dalla finestra; e Marina pallida come una morta che pure osava guardarlo in faccia, e si afferrava colle braccia disperate allo stipite dell'uscio per difendere l'amante. Allora gli passarono dinanzi agli occhi le altre figliuole, e la moglie inferma, e i giudici e i gendarmi, in un mare di sangue. - Tu! tu! - balbettava. Ella tremava tutta, la scellerata, ma non rispondeva. Poi cadde sui ginocchi, colle mani giunte come se gli leggesse in faccia il parricidio. Allora egli fuggì via colle mani nei capelli.

Ma il confessore che gli consigliava di offrire a Dio quell'angustia, avrebbe dovuto dirgli:

- Vedete, vossignoria, anche gli altri poveretti, quando gli succede la stessa disgrazia... stanno zitti perché son poveri, e non sanno di lettera, e non sanno sfogarsi altrimenti che coll'andare in galera! -

LIBERTÀ

Sciorinarono dal campanile un fazzoletto a tre colori, suonarono le campane a stormo, e cominciarono a gridare in piazza: - Viva la libertà! -

Come il mare in tempesta. La folla spumeggiava e ondeggiava davanti al casino dei *galantuomini*, davanti al Municipio, sugli scalini della chiesa: un mare di berrette bianche; le scuri e le falci che luccicavano. Poi irruppe in una stradicciuola.

- A te prima, barone! che hai fatto nerbare la gente dai tuoi campieri! - Innanzi a tutti gli altri una strega, coi vecchi capelli irti sul capo, armata soltanto delle unghie. - A te, prete del diavolo! che ci hai succhiato l'anima! - A te, ricco epulone, che non puoi scappare nemmeno, tanto sei grasso del sangue del povero! - A te, sbirro! che hai fatto la giustizia solo per chi non aveva niente! - A te, guardaboschi! che hai venduto la tua carne e la carne del prossimo per due tarì al giorno! -

E il sangue che fumava ed ubbriacava. Le falci, le mani, i cenci, i sassi, tutto rosso di sangue! - Ai *galantuomini*! Ai *cappelli*! Ammazza! ammazza! Addosso ai *cappelli*! -

Don Antonio sgattaiolava a casa per le scorciatoie. Il primo colpo lo fece cascare colla faccia insanguinata contro il marciapiede. - Perché? perché mi ammazzate? - Anche tu! al diavolo! - Un monello sciancato raccattò il cappello bisunto e ci sputò dentro. - Abbasso i cappelli! Viva la libertà! - Te'! tu pure! - Al reverendo che predicava l'inferno per chi rubava il pane. Egli tornava dal dir messa, coll'ostia consacrata nel pancione. - Non mi ammazzate, ché sono in peccato mortale! - La gnà Lucia, il peccato mortale; la gnà Lucia che il padre gli aveva venduta a 14 anni, l'inverno della fame, e rimpieva la Ruota e le strade di monelli affamati. Se quella carne di cane fosse valsa a qualche cosa, ora avrebbero potuto satollarsi, mentre la sbrandellavano sugli usci delle case e sui ciottoli della strada a colpi di scure. Anche il lupo allorché capita affamato in una mandra, non pensa a riempirsi il ventre, e sgozza dalla rabbia. - Il figliuolo della Signora, che era accorso per vedere cosa fosse - lo speziale, nel mentre chiudeva in fretta e in furia - don Paolo, il quale tornava dalla vigna a cavallo del somarello, colle bisacce magre in groppa. Pure teneva in capo un berrettino vecchio che la sua ragazza gli aveva ricamato tempo fa, quando il male non aveva ancora colpito la vigna. Sua moglie lo vide cadere dinanzi al portone, mentre aspettava coi cinque figliuoli la scarsa minestra che era nelle bisacce del marito. - Paolo! Paolo! - Il primo lo colse nella spalla con un colpo di scure. Un altro gli fu addosso colla falce, e lo sventrò mentre si attaccava col braccio sanguinante al martello.

Ma il peggio avvenne appena cadde il figliolo del notaio, un ragazzo di undici anni, biondo come l'oro, non si sa come, travolto nella folla. Suo padre si era rialzato due o tre volte prima di strascinarsi a finire nel mondezzaio, gridandogli: - Neddu! Neddu! - Neddu fuggiva, dal terrore, cogli occhi e la bocca spalancati senza poter gridare. Lo rovesciarono; si rizzò anch'esso su di un ginocchio come suo padre; il torrente gli passò di sopra; uno gli aveva messo lo scarpone sulla guancia e glie l'aveva sfracellata; nonostante il ragazzo chiedeva ancora grazia colle mani. - Non voleva morire, no, come aveva visto ammazzare suo padre; - strappava il cuore! - Il taglialegna, dalla pietà, gli menò un gran colpo di scure colle due mani, quasi avesse dovuto abbattere un rovere di cinquant'anni - e tremava come una foglia. - Un altro gridò: - Bah! egli sarebbe stato notaio, anche lui! -

Non importa! Ora che si avevano le mani rosse di quel sangue, bisognava versare tutto il resto. Tutti! tutti i *cappelli*! - Non era più la fame, le bastonate, le soperchierie che facevano ribollire la collera. Era il sangue innocente. Le donne più feroci ancora, agitando le braccia scarne, strillando l'ira in falsetto, colle carni tenere sotto i brindelli delle vesti. - Tu che venivi a pregare il buon Dio colla veste di seta! - Tu che avevi a schifo d'inginocchiarti accanto alla povera gente! - Te'! Te'! - Nelle case, su per le scale, dentro le alcove, lacerando la seta e la tela fine. Quanti orecchini su delle facce insanguinate! e quanti anelli d'oro nelle mani che cercavano di parare i colpi di scure!

La baronessa aveva fatto barricare il portone: travi, carri di campagna, botti piene, dietro; e i campieri che sparavano dalle finestre per vender cara la pelle. La folla chinava il capo alle schioppettate, perché non aveva armi da rispondere. Prima c'era la pena di morte chi tenesse armi da fuoco. - Viva la libertà! - E sfondarono il portone. Poi nella corte, sulla gradinata, scavalcando i feriti. Lasciarono stare i campieri. - I campieri dopo! - I campieri dopo! - Prima volevano le carni della baronessa, le carni fatte di pernici e di vin buono. Ella correva di stanza in stanza col lattante al seno, scarmigliata - e le stanze erano molte. Si udiva la folla urlare per quegli andirivieni, avvicinandosi come la piena di un fiume. Il figlio maggiore, di 16 anni, ancora colle carni bianche anch'esso, puntellava l'uscio colle sue mani tremanti, gridando: - Mamà! mamà! - Al primo urto gli rovesciarono l'uscio addosso. Egli si afferrava alle gambe che lo calpestavano. Non gridava più. Sua madre s'era rifugiata nel balcone, tenendo avvinghiato il bambino, chiudendogli la bocca colla mano perché non gridasse, pazza. L'altro figliolo voleva difenderla col suo corpo, stralunato, quasi avesse avuto cento mani, afferrando pel taglio tutte quelle scuri. Li separarono in un lampo. Uno abbrancò lei pei capelli, un altro per i fianchi, un altro per le vesti, sollevandola al di sopra della ringhiera. Il carbonaio le strappò dalle braccia il bambino lattante. L'altro fratello non vide niente; non vedeva altro che nero e rosso. Lo calpestavano, gli macinavano le ossa a colpi di tacchi ferrati; egli aveva addentato una mano che lo stringeva alla gola e non la lasciava più. Le scuri non potevano colpire nel mucchio e luccicavano in aria.

E in quel carnevale furibondo del mese di luglio, in mezzo agli urli briachi della folla digiuna, continuava a suonare a stormo la campana di Dio, fino a sera, senza mezzogiorno, senza avemaria, come in paese di turchi. Cominciavano a sbandarsi, stanchi della carneficina, mogi, mogi, ciascuno fuggendo il compagno. Prima di notte tutti gli usci erano chiusi, paurosi, e in ogni casa vegliava il lume. Per le stradicciuole non si udivano altro che i cani, frugando per i canti, con un rosicchiare secco di ossa, nel chiaro di luna che lavava ogni cosa, e mostrava spalancati i portoni e le finestre delle case deserte.

Aggiornava; una domenica senza gente in piazza né messa che suonasse. Il sagrestano s'era rintanato; di preti non se ne trovavano più. I primi che cominciarono a far capannello sul sagrato si guardavano in faccia sospettosi; ciascuno ripensando a quel che doveva avere sulla coscienza il vicino. Poi, quando furono in molti, si diedero a mormorare. - Senza messa non potevano starci, un giorno di domenica, come i cani! - Il casino dei *galantuomini* era sbarrato, e non si sapeva dove andare a prendere gli ordini dei padroni per la settimana. Dal campanile penzolava sempre il fazzoletto tricolore, floscio, nella caldura gialla di luglio.

E come l'ombra s'impiccioliva lentamente sul sagrato, la folla si ammassava tutta in un canto. Fra due casucce della piazza, in fondo ad una stradicciola che scendeva a precipizio, si vedevano i campi giallastri nella pianura, i boschi cupi sui fianchi dell'Etna. Ora dovevano spartirsi quei boschi e quei campi. Ciascuno fra sé calcolava colle dita quello che gli sarebbe toccato di sua parte, e guardava in cagnesco il vicino. - Libertà voleva dire che doveva essercene per tutti! - Quel Nino Bestia, e quel Ramurazzo, avrebbero preteso di continuare le prepotenze dei *cappelli*! - Se non c'era più il perito per misurare la terra, e il notaio per metterla sulla carta, ognuno avrebbe fatto a riffa e a raffa! - E se tu ti mangi la tua parte all'osteria, dopo bisogna tornare a spartire da capo? - Ladro tu e ladro io -. Ora che c'era la libertà, chi voleva mangiare per due avrebbe avuto la sua festa come quella dei *galantuomini*! - Il taglialegna brandiva in aria la mano quasi ci avesse ancora la scure.

Il giorno dopo si udì che veniva a far giustizia il generale, quello che faceva tremare la gente. Si vedevano le camicie rosse dei suoi soldati salire lentamente per il burrone, verso il paesetto; sarebbe bastato rotolare dall'alto delle pietre per schiacciarli tutti. Ma nessuno si mosse. Le donne strillavano e si strappavano i capelli. Ormai gli uomini, neri e colle barbe lunghe, stavano sul monte, colle mani fra le cosce, a vedere arrivare quei giovanetti stanchi, curvi sotto il fucile arrugginito, e quel generale piccino sopra il suo gran cavallo nero, innanzi a tutti, solo.

Il generale fece portare della paglia nella chiesa, e mise a dormire i suoi ragazzi come un padre. La mattina, prima dell'alba, se non si levavano al suono della tromba, egli entrava nella chiesa a cavallo, sacramentando come un turco. Questo era l'uomo. E subito ordinò che glie ne fucilassero cinque o sei, Pippo, il nano, Pizzanello, i primi che capitarono. Il taglialegna, mentre lo facevano inginocchiare addosso al muro del cimitero, piangeva come un ragazzo, per certe parole che gli aveva dette sua madre, e pel grido che essa aveva cacciato quando glie lo strapparono dalle braccia.

Da lontano, nelle viuzze più remote del paesetto, dietro gli usci, si udivano quelle schioppettate in fila come i mortaletti della festa.

Dopo arrivarono i giudici per davvero, dei galantuomini cogli occhiali, arrampicati sulle mule, disfatti dal viaggio, che si lagnavano ancora dello strapazzo mentre interrogavano gli accusati nel refettorio del convento, seduti di fianco sulla scranna, e dicendo - ahi! - ogni volta che mutavano lato. Un processo lungo che non finiva più. I colpevoli li condussero in città, a piedi, incatenati a coppia, fra due file di soldati col moschetto pronto. Le loro donne li seguivano correndo per le lunghe strade di campagna, in mezzo ai solchi, in mezzo ai fichidindia, in mezzo alle vigne, in mezzo alle biade color d'oro, trafelate, zoppicando, chiamandoli a nome ogni volta che la strada faceva gomito, e si potevano vedere in faccia i prigionieri. Alla città li chiusero nel gran carcere alto e vasto come un convento, tutto bucherellato da finestre colle inferriate; e se le donne volevano vedere i loro uomini, soltanto il lunedì, in presenza dei guardiani, dietro il cancello di ferro. E i poveretti divenivano sempre più gialli in quell'ombra perenne, senza scorgere mai il sole. Ogni lunedì erano più taciturni, rispondevano appena, si lagnavano meno. Gli altri giorni, se le donne ronzavano per la piazza attorno alla prigione, le sentinelle minacciavano col fucile. Poi non sapere che fare, dove trovare lavoro nella città, né come buscarsi il pane. Il letto nello stallazzo costava due soldi; il pane bianco si mangiava in un boccone e non riempiva lo stomaco; se si accoccolavano a passare una notte sull'uscio di una chiesa, le guardie le arrestavano. A poco a poco rimpatriarono, prima le mogli, poi le mamme. Un bel pezzo di giovinetta si perdette nella città e non se ne seppe più nulla. Tutti gli altri in paese erano tornati a fare quello che facevano prima. I *galantuomini* non potevano lavorare le loro terre colle proprie mani, e la povera gente non poteva vivere senza i *galantuomini*. Fecero la pace. L'orfano dello speziale rubò la moglie a Neli Pirru, e gli parve una bella cosa, per vendicarsi di lui che gli aveva ammazzato il padre. Alla donna che aveva di tanto in tanto certe ubbie, e temeva che suo marito le tagliasse la faccia, all'uscire dal carcere, egli ripeteva: - Sta tranquilla che non ne esce più -. Ormai nessuno ci pensava; solamente qualche madre, qualche vecchiarello, se gli correvano gli occhi verso la pianura, dove era la città, o la domenica, al vedere gli altri che parlavano tranquillamente dei loro affari coi *galantuomini*, dinanzi al casino di conversazione, col berretto in mano, e si persuadevano che all'aria ci vanno i cenci.

Il processo durò tre anni, nientemeno! tre anni di prigione e senza vedere il sole. Sicché quegli accusati parevano tanti morti della sepoltura, ogni volta che li conducevano ammanettati al tribunale. Tutti quelli che potevano erano accorsi dal villaggio: testimoni, parenti, curiosi, come a una festa, per vedere i compaesani, dopo tanto tempo, stipati nella capponaia - ché capponi davvero si diventava là dentro! e Neli Pirru doveva vedersi sul mostaccio quello dello speziale, che s'era imparentato a tradimento con lui! Li facevano alzare in piedi ad uno ad uno. - Voi come vi chiamate? - E ciascuno si sentiva dire la sua, nome e cognome e quel che aveva fatto. Gli avvocati armeggiavano, fra le chiacchiere, coi larghi maniconi pendenti, e si scalmanavano, facevano la schiuma alla bocca, asciugandosela subito col fazzoletto bianco, tirandoci su una presa di tabacco. I giudici sonnecchiavano, dietro le lenti dei loro occhiali, che agghiacciavano il cuore. Di faccia erano seduti in fila dodici *galantuomini*, stanchi, annoiati, che sbadigliavano, si grattavano la barba, o ciangottavano fra di loro. Certo si dicevano che l'avevano scappata bella a non essere stati dei galantuomini di quel paesetto lassù, quando avevano fatto la libertà. E quei poveretti cercavano di leggere nelle loro facce. Poi se ne andarono a confabulare fra di loro, e gli imputati aspettavano pallidi, e cogli occhi fissi su quell'uscio chiuso. Come rientrarono, il loro capo, quello che parlava colla mano sulla pancia, era quasi pallido al pari degli accusati, e disse: - Sul mio onore e sulla mia coscienza!...

Il carbonaio, mentre tornavano a mettergli le manette, balbettava: - Dove mi conducete? - In galera? - O perché? Non mi è toccato neppure un palmo di terra! Se avevano detto che c'era la libertà!... -

Ella ascoltava, avviluppata nella pelliccia, e colle spalle appoggiate alla cabina, fissando i grandi occhi pensosi nelle ombre vaganti del mare. Le stelle scintillavano sul loro capo, e attorno a loro non si udiva altro che il sordo rumore della macchina, e il muggito delle onde che si perdevano verso orizzonti sconfinati. A poppa, dietro le loro spalle, una voce che sembrava lontana, canticchiava sommessamente una canzone popolare, accompagnandosi coll'organetto.

Ella pensava forse alle calde emozioni provate la sera innanzi alla rappresentazione del San Carlo; o alla riviera di Chiaia, sfolgorante di luce, che si erano lasciata dietro le loro spalle. Aveva preso il braccio di lui mollemente, coll'abbandono dell'isolamento in cui erano, e s'era appoggiata al parapetto, guardando la striscia fosforescente che segnava il battello, e in cui l'elica spalancava abissi inesplorati, quasi cercasse di indovinare il mistero di altre esistenze ignorate. Dal lato opposto, verso le terre su cui Orione inchinavasi, altre esistenze sconosciute e quasi misteriose palpitavano e sentivano, chissà? povere gioie e poveri dolori, simili a quelli da lui narrati. - La donna ci pensava vagamente colle labbra strette, gli occhi fissi nel buio dell'orizzonte.

Prima di separarsi stettero un altro po' sull'uscio della cabina, al chiarore vacillante della lampada che dondolava. Il cameriere, rifinito dalla fatica, dormiva accoccolato sulla scala, sognando forse la sua casetta di Genova. A poppa il lume della bussola rischiarava appena la figura membruta dell'uomo che era al timone, immobile, cogli occhi fissi sul quadrante, e la mente chissà dove. A prua si udiva sempre la mesta cantilena siciliana, che narrava a modo suo di gioie, di dolori, o di speranze umili, in mezzo al muggito uniforme del mare, e al va e vieni regolare e impassibile dello stantuffo.

Sembrava che la donna non sapesse risolversi a lasciare la mano di lui. Infine alzò gli occhi e gli sorrise tristamente: - Domani! - sospirò.

Egli chinò il capo senza rispondere.

- Vi ricorderete sempre di questa ultima sera? -

Egli non rispose. - Io sì! - aggiunse la donna.

All'alba si rividero sul ponte. Il visetto delicato di lei sembrava abbattuto dall'insonnia. La brezza le scomponeva i morbidi capelli neri. Diggià la Sicilia sorgeva come una nuvola in fondo all'orizzonte. Poi l'Etna si accese tutt'a un tratto d'oro e di rubini, e la costa bianchiccia si squarciò qua e là in seni e promontori oscuri. A bordo cominciava l'affaccendarsi del primo servizio mattutino. I passeggieri salivano ad uno ad uno sul ponte, pallidi, stralunati, imbacuccati diversamente, masticando un sigaro e barcollando. La grù cominciava a stridere, e la canzone della notte taceva come sbigottita e disorientata in tutto quel movimento. Sul mare turchino e lucente, delle grandi vele spiegate passavano a poppa, dondolando i vasti scafi che sembravano vuoti, con pochi uomini a bordo che si mettevano la mano sugli occhi per vedere passare il vapore superbo. In fondo, delle altre barchette più piccole ancora, come punti neri, e le coste che si coronavano di spuma; a sinistra la Calabria, a destra la Punta del Faro sabbiosa, Cariddi che allungava le braccia bianche verso Scilla rocciosa e altera.

All'improvviso, nella lunga linea della costa che sembrava unita, si aperse lo stretto come un fiume turchino, e al di là il mare che si allargava nuovamente, sterminato. La donna fece un'esclamazione di meraviglia. Poi voleva che egli le indicasse le montagne di Licodia e di Piana di Catania, o il Biviere di Lentini dalle sponde piatte. Egli le accennava da lontano, dietro le montagne azzurre, le linee larghe e melanconiche della pianura biancastra, le chine molli e grigie d'ulivi, le rupi aspre di fichidindia, le alpestri viottole erbose e profumate. Pareva che quei luoghi si animassero dei personaggi della leggenda, mentre egli li accennava ad uno ad uno. Colà la Malaria; su quel versante dell'Etna il paesetto dove la libertà irruppe come una vendetta; laggiù gli umili drammi del Mistero, e la giustizia ironica di don Licciu Papa. Ella ascoltando dimenticava persino il dramma palpitante in cui loro due si agitavano, mentre Messina si avanzava verso di loro col vasto semicerchio della sua *Palazzata*. Tutt'a un tratto si riscosse e mormorò:

- Eccolo! -

Dalla riva si staccava una barchetta, in cui un fazzoletto bianco si agitava per salutare come un alcione nella tempesta.

- Addio! - mormorò il giovane.

La donna non rispose e chinò il capo. Poi gli strinse forte la mano sotto la pelliccia e si scostò di un passo.

- Non addio. Arrivederci!

- Quando?

- Non lo so. Ma non addio -.

Ed egli la vide porgere le labbra all'uomo che era venuto ad incontrarla nella barchetta. E nella mente gli passavano delle larve sinistre, i fantasmi dei personaggi delle sue leggende, col cipiglio bieco e il coltellaccio in mano.

Il velo azzurro di lei scompariva verso la riva, in mezzo alla folla delle barche e alle catene delle àncore.

Passarono i mesi. Finalmente ella gli scrisse che poteva andarla a trovare.

"In una casetta isolata, in mezzo alle vigne - ci sarà una croce segnata col gesso sull'uscio. Io verrò dal sentiero fra i campi. Aspettatemi. Non vi fate scorgere, o sono perduta".

Era d'autunno ancora, ma pioveva e tirava vento come d'inverno. Egli nascosto dietro l'uscio, ansioso, col cuore che gli martellava, spiava avidamente se le righe di pioggia che solcavano lo spiraglio cominciassero a diradarsi. Le foglie secche turbinavano dietro la soglia come il fruscìo di una veste. Che faceva essa? Sarebbe venuta? L'orologio rispondeva sempre di no, di no, ad ogni quarto d'ora, dal paesetto vicino. Finalmente un raggio di sole penetrò da una tegola smossa. La campagna tutta s'irradiava. I carrubbi stormivano sul tetto, e in fondo, dietro i viali sgocciolanti, si apriva il sentieruolo fiorito di margherite gialle e bianche. Di là sarebbe comparso il suo ombrellino bianco, di là, o al disopra del muricciuolo a destra. Una vespa ronzava nel raggio dorato che penetrava dalle commessure, e urtava contro le imposte, dicendo: - Viene! viene! - Tutt'a un tratto qualcuno spinse bruscamente la porticina a sinistra. - Come un tuffo nel sangue! - Era lei! bianca, tutta bianca, dalla veste al viso pallido. Al primo vederlo gli cadde fra le braccia, colla bocca contro la bocca di lui.

Quante ore passarono in quella povera stanzuccia affumicata? Quante cose si dissero? Il tarlo impassibile e monotono continuava a rodere i vecchi travicelli del tetto. L'orologio del paesetto vicino lasciava cadere le ore ad una ad una. Da un buco del muro potevano scorgersi i riflessi delle foglie che si agitavano, e alternavano ombre e luce verde come in fondo a un lago.

Così la vita. - Ad un tratto ella siccome stralunata, passandosi le mani sugli occhi, aprì l'uscio per vedere il sole che tramontava. Poscia, risolutamente, gli buttò le braccia al collo, dicendogli: - Non ti lascio più -.

A piedi, tenendosi a braccetto, andarono a raggiungere la piccola stazione vicina, perduta nella pianura deserta. Non lasciarsi più! Che gioia sterminata e trepida! Andavano stretti l'un contro l'altro, taciti, come sbigottiti, per la campagna silenziosa, nell'ora mesta della sera.

Degli insetti ronzavano sul ciglione del sentiero. Dalla terra screpolata si levava una nebbia grave e mesta. Non una voce umana, non un abbaiare di cani. Lontano ammiccava nelle tenebre un lume solitario. Finalmente arrivò il treno sbuffante e impennacchiato. Partirono insieme; andarono lontano, lontano, in mezzo a quelle montagne misteriose di cui egli le aveva parlato, che a lei sembrava di conoscere.

Per sempre!

Per sempre. Essi si levavano col giorno, scorazzavano pei campi, nelle prime rugiade, sedevano al meriggio nel folto delle piante, all'ombra degli abeti, di cui le foglie bianche fremevano senza vento, felici di sentirsi soli, nel gran silenzio. Indugiavano a tarda sera, per veder morire il giorno sulle vette dei monti, quando i vetri si accendevano a un tratto e scoprivano casupole lontane. L'ombra saliva lungo le viottole della valle che assumevano un aspetto malinconico; poi il raggio color d'oro si fermava un istante su di un cespuglio in cima al muricciuolo. Anche quel cespuglio aveva la sua ora, e il suo raggio di sole. Degli insetti minuscoli vi ronzavano intorno, nella luce tiepida. Al tornare dell'inverno il cespuglio sarebbe scomparso e il sole e la notte si sarebbero alternati ancora sui sassi nudi e tristi, umidi di pioggia. Così erano scomparsi il casolare del gesso, e l'osteria di "Ammazzamogli" in cima al monticello deserto. Soltanto le rovine sbocconcellate si disegnavano nere nella porpora del tramonto. Il Biviere si stendeva sempre in fondo alla pianura come uno specchio appannato. Più in qua i vasti campi di Mazzarò, i folti oliveti grigi su cui il tramonto scendeva più fosco, le vigne verdi, i pascoli sconfinati che svanivano nella gloria dell'occidente, sul cocuzzolo dei monti; e dell'altra gente si affacciava ancora agli usci delle fattorie grandi come villaggi, per veder passare degli altri viandanti. Nessuno sapeva più di Cirino, di compare Carmine, o di altri. Le larve erano passate. Solo rimaneva solenne e immutabile il paesaggio, colle larghe linee orientali, dai toni caldi e robusti. Sfinge misteriosa, che rappresentava i fantasmi passeggieri, con un carattere di necessità fatale. Nel paesello i figli delle vittime avevano fatto pace cogli strumenti ciechi e sanguinari della libertà; curatolo Arcangelo strascinava la tarda vecchiaia a spese del signorino; una figlia di compare Santo era andata sposa nella casa di mastro Cola. All'osteria del Biviere un cane spelato e mezzo cieco, che i diversi padroni nel succedersi l'uno all'altro avevano dimenticato sulla porta, abbaiava tristamente ai rari viandanti che passavano.

Poi il cespuglio si faceva smorto anch'esso a poco a poco, e l'assiolo si metteva a cantare nel bosco lontano.

Addio, tramonti del paese lontano! Addio abeti solitari alla cui ombra ella aveva tante volte ascoltato le storie che egli le narrava, che stormivate al loro passaggio, e avete visto passare tanta gente, e sorgere e tramontare il sole tante volte laggiù! Addio! Anch'essa è lontana.

Un giorno venne dalla città una cattiva notizia. Era bastata una parola, di un uomo lontano, di cui ella non poteva parlare senza impallidire e piegare il capo. Innamorati, giovani, ricchi tutti e due, tutti e due che s'erano detti di voler restare uniti per sempre, era bastata una parola di quell'uomo per separarli. Non era il bisogno del pane, com'era accaduto a Pino il Tomo, né il coltellaccio del geloso che li divideva. Era qualcosa di più sottile e di più forte che li separava. Era la vita in cui vivevano e di cui erano fatti. Gli amanti ammutolivano e chinavano il capo dinanzi alla volontà del marito. Ora ella sembrava che temesse e sfuggisse l'altro. Al momento di lasciarlo pianse tutte le sue lagrime che egli bevve avidamente; ma partì. Chissà quante volte si rammentavano ancora di quel tempo, in mezzo alle ebbrezze diverse, alle feste febbrili, al turbinoso avvicendarsi degli eventi, alle aspre bisogne della vita? Quante volte ella si sarà ricordata del paesetto lontano, del deserto in cui erano stati soli col loro amore, della ceppaia al cui rezzo ella aveva reclinato il capo sulla spalla di lui, e gli aveva detto sorridendo: - L'uggia per le camelie! -.

Delle camelie ce n'erano tante e superbe, nella splendida serra in cui giungevano soffocati gli allegri rumori della festa, molto tempo dopo, quando un altro ne aveva spiccata per lei una purpurea come di sangue, e glie la aveva messa nei capelli. Addio, tramonti lontani del paese lontano! Anche lui, allorché levava il capo stanco a fissare nell'aureola della lampada solitaria le larve del passato, quante immagini e quanti ricordi! di qua e di là pel mondo, nella solitudine dei campi, e nel turbinìo delle grandi città! Quante cose erano trascorse! e quanto avevano vissuto quei due cuori lontano l'uno dall'altro!

Infine si rivedevano nella vertigine del carnevale. Egli era andato alla festa per veder lei, coll'anima stanca e il cuore serrato d'angoscia. Ella era lì difatti, splendente, circondata e lusingata in cento modi. Pure aveva il viso stanco anch'essa, e il sorriso triste e distratto. I loro occhi s'incontrarono e scintillarono. Nulla più. Sul tardi si trovarono accanto come per caso, nell'ombra dei grandi palmizi immobili. - Domani! - gli disse. - Domani, alla tal'ora e nel tal luogo. Avvenga che può! voglio vedervi! - Il seno bianco e delicato le tempestava dentro il merletto trasparente, e il ventaglio le tremava fra le mani. Poi chinò il capo, cogli occhi fissi ed astratti; lievi e fugaci rossori le passavano sulla nuca del color della magnolia. Come batteva forte il cuore a lui! come era squisita e trepidante la gioia di quel momento! Ma allorché si rividero l'indomani non era più la stessa cosa. Chissà perché?... Essi avevano assaporato il frutto velenoso della scienza mondana; il piacere raffinato dello sguardo e della parola scambiati di nascosto in mezzo a duecento persone, di una promessa che val più della realtà, perché è mormorata dietro il ventaglio e in mezzo al profumo dei fiori, allo scintillìo delle gemme e all'eccitamento della musica. Allorché si buttarono nelle braccia l'uno dell'altro, quando si dissero che si amavano nella bocca, entrambi pensavano con desiderio molle ed acuto al rapido momento della sera innanzi, in cui sottovoce, senza guardarsi, quasi senza parole, si erano detto che il cuore turbinava loro in petto ad entrambi nel trovarsi accanto. Quando si lasciarono, e si strinsero la mano, sulla soglia, erano tristi tutti e due, e non tristi soltanto perché dovevano dirsi addio - quasi mancasse loro qualche cosa. Pure si tenevano sempre per mano, ad entrambi veniva per istinto la domanda. - Ti rammenti? - E non osavano. Ella aveva detto che partiva l'indomani col primo treno, ed egli la lasciava partire.

L'aveva vista allontanarsi pel viale deserto, e rimaneva là, colla fronte contro le stecche di quella persiana. La sera calava. Un organino suonava in lontananza alla porta di un'osteria.

Ella partiva l'indomani col primo treno. Gli aveva detto: - Bisogna che vada con *lui*! - Anch'egli aveva ricevuto un telegramma che lo chiamava lontano. Su quel foglio ella aveva scritto *Per sempre*, e una data. La vita li ripigliava entrambi, l'una di qua e l'altro di là, inesorabilmente. La sera dopo anch'esso era alla stazione, triste e solo. Della gente si abbracciava e diceva addio; degli sposi partivano sorridenti; una mamma, povera vecchierella del contado, si strascinava lagrimosa dietro il suo ragazzo, robusto giovanotto in uniforme da bersagliere, col sacco in spalla, che cercava l'uscita di porta in porta.

Il treno si mosse. Prima scomparve la città, le vie formicolanti di lumi, il sobborgo festante di brigatelle allegre. Poi cominciò a passare come un lampo la campagna solitaria, i prati aperti, i fiumicelli che luccicavano nell'ombra. Di tanto in tanto un casolare che fumava, della gente raccolta dinanzi a un uscio. Sul muricciuolo di una piccola stazione, dove il convoglio si era arrestato un momento sbuffante, due innamorati avevano lasciato scritto a gran lettere di carbone i loro nomi oscuri. Egli pensava che anch'essa era passata di là il mattino, e aveva visto quei nomi.

Lontano lontano, molto tempo dopo, nella immensa città nebbiosa e triste, egli si ricordava ancora qualche volta di quei due nomi umili e sconosciuti, in mezzo al via vai affollato e frettoloso, al frastuono incessante, alla febbre dell'immensa attività generale, affannosa e inesorabile, ai cocchi sfarzosi, agli uomini che passavano nel fango, fra due assi coperte d'affissi, dinanzi alle splendide vetrine scintillanti di gemme, accanto alle stamberghe che schieravano in fila teschi umani e scarpe vecchie. Di tratto in tratto si udiva il sibilo di un treno che passava sotterra o per aria, e si perdeva in lontananza, verso gli orizzonti pallidi, quasi con un desiderio dei paesi del sole. Allora gli tornava in mente il nome di quei due sconosciuti che avevano scritto la storia delle loro umili gioie sul muro di una casa davanti alla quale tanta gente passava. Due giovanetti biondi e calmi passeggiavano lentamente pei larghi viali del giardino tenendosi per mano; il giovane aveva regalato alla ragazza un mazzolino di rose purpuree che aveva mercanteggiato ansiosamente un quarto d'ora da una vecchierella cenciosa e triste; la giovinetta, colle sue rose in seno, come una regina, dileguavasi seco lui lontano dalla folla delle amazzoni e dei cocchi superbi. Quando furono soli sotto i grandi alberi della riviera, sedettero accanto, parlandosi sottovoce colla calma espansione del loro affetto.

Il sole tramontava nell'occidente smorto; e anche là, nei viali solitari, giungeva il suono di un organino, con cui un mendicante dei paesi lontani andava cercando il pane in una lingua sconosciuta.

Addio, dolce melanconia del tramonto, ombre discrete e larghi orizzonti solitari del noto paese. Addio, viottole profumate dove era così bello passeggiare tenendosi abbracciati. Addio, povera gente ignota che sgranavate gli occhi al veder passare i due felici.

Alle volte, quando lo assaliva la dolce mestizia di quelle memorie, egli ripensava agli umili attori degli umili drammi con un'aspirazione vaga e incosciente di pace e d'obblio, a quella data e a quelle due parole - *per sempre* - che ella gli aveva lasciato in un momento d'angoscia, rimasto vivo più d'ogni gioia febbrile nella sua memoria e nel suo cuore. - E allora avrebbe voluto mettere il nome di lei su di una pagina o su di un sasso, al pari di quei due sconosciuti che avevano scritto il ricordo del loro amore sul muro di una stazione lontana.